Der falsche Rinderhirte
in der wilden Puszta

Katharina Kraemer

**Der falsche Rinderhirte
in der wilden Puszta**

Kurzes und Kürzeres
von Katharina Kraemer

1. Auflage
© 2016 Copyrights by Katharina Kraemer
https://katharinakraemer1.wordpress.com/
Herstellung und Verlag:
BoD – Books on Demand, Norderstedt
ISBN 978-3-7412-0821-8
Bibliografische Information der Deutschen Nationalbibliothek: Die Deutsche Nationalbibliothek verzeichnet diese Publikation in der Deutschen Nationalbibliografie; detaillierte bibliografische Daten sind im Internet über www.dnb.de abrufbar.

Kurzes ...

Der Csárdás und die Revolution   7
Sándors Freund Márkusz Rosenthal

Enescu – Ein Leben für die Geige   17
Poème Roumain

Der falsche Rinderhirte
Hommage an eine Suppe   27

Wilde Puszta   57
Viktors neues Leben

Kazimir – Viktors Freund   93
Ein Kater mit Verstand

und Kürzeres   97

Der Csárdás und die Revolution
Sándors Freund

»Márkusz Rosenthal ist tot. Süßer, schwermütiger Geist, in immergrünen, in zum Herzen sprechenden Tönen wird er leben. Für die schönen Lieder hat ihm die Heimat bis jetzt nichts gegeben, jetzt wird er ruhen, als Anerkennung, wofür er sich ermüdet hat.«
Jókai Mórs Worte hallten in Sándor Petöfi nach. Er sah den Trauernden hinterher, die vor der Kälte die Allee der uralten Kastanien entlang flohen, kaum, dass der Sarg hinabgelassen und mit Erde bedeckt war. In Mantel und Hut gekleidet verharrte er an dem mit frischen Blumen und Kränzen geschmückten Grabhügel. Mit der behandschuhten Rechten wischte er eine Träne aus dem Augenwinkel.
»Ein Leben für die Musik, ein Leben für die Geige. Sie wurde dein Bettelstab. Wach auf, alter Musiker, alter Freund, wir trauern achtsam mit deinen Liedern. Du hast gewusst, wo das Herz des Ungarn liegt. Doch das Herz der Ungarn schlägt nicht mehr ... Das Beste kommt zum Schluss, sagt man. Dein Lied für die Freiheit wird darüber hinaus bestehen bleiben. Danke, Márkusz Rosenthal.«
Er wand sich ab. Nach ein paar Schritten ließ er sich auf einer verschneiten Bank am Kreuzweg nieder. Mit hochgestelltem Mantelkragen und tief in die Taschen vergrabenen Händen

erinnerte er sich der ungezählten Stunden, in denen sie leidenschaftlich über Musik, Literatur und das Leben gestritten hatten. Am Ende musste er seinem alten Freund dennoch oft zustimmen.

Sándor lächelte. »Ja, Onkel Márkusz, Ihr ward ein streitbarer Geist mit Prinzipien. Nur einmal habe ich Euch ausgelassen und fröhlich erlebt wie nie. Und ich sage Euch, mein alter Freund, es hat Eindruck hinterlassen.«

Márkusz hatte einem Treffen auf dem Markt in Baja eingewilligt, ehe er nach Pest aufbrechen wollte. »Auf meine alten Tage brauche ich den Komfort der großen Stadt. Baja war mir lange Heimat und Muse. Doch die guten Jahre sind vorbei«, begründete er seinen Weggang aus der Stadt, in der er die meiste Zeit seines Lebens gewirkt hatte.

Sándor eilte mit wehenden Mantelschößen auf die hagere Statur seines alten Freundes zu, der ungeduldig auf und ab ging.

»Guten Abend, Onkel Márkusz. Ich bitte Euch um Entschuldigung für die Verspätung.« Sándor wählte extra die höfliche Anrede, Er wusste um die Konventionen, auf die sein väterlicher Freund bedacht war. »Die Zeiten sind unberechenbar. Es tut mir leid, dass ich Euch warten ließ.«

»Guten Tag, Sándor.« Márkusz Rosenthal reichte dem jungen Freund mit schmalen Lippen die Hand. »Ist schon gut, mein Junge.«

»Wenn Sie erlauben, lade ich Sie zu einem Schoppen ein. Da lässt sich besser reden.« Er war froh, dass ihm Márkusz nicht wirklich gram war.

»Du darfst die Schenke wählen, der Wein geht auf mich.« Ein dünnes Lächeln huschte über Márkusz Rosenthals knochiges Gesicht. Er mochte Sándor wie einen Sohn, obwohl er dessen unstetes Leben nicht guthieß. Immerhin hat er ja jetzt eine Anstellung bei der Zeitung, beruhigte er sich.

Die beiden Männer flanierten an den schmucken Fassaden der Bürgerhäuser vorbei, die den Platz vor dem herrschaftlichen Schloss einrahmten. Gegenüber dümpelten Flöße und Kähne auf dem Kanal, während unzählige Pferdekarren über das Pflaster klapperten. Sie kamen vom nahen Markt. Ein leichter Wind trug wohlfeile Düfte herüber; sie mischten sich mit dem fischig-fauligen Gestank des graubraunen Kanals, der am Platz vorbeiführte.

Sie querten eine mit Blumenkübeln gesäumte steinerne Brücke, die auf eine mit Kastanien und Pappeln bewachsene Insel führte. Sie verband die Stadt mit dem großen Fluss, auf dem Waren aus aller Herren Länder hereinkamen. Musik klang aus Dutzenden Schänken auf die schattige Allee. »Baja ist viel schöner als Pest.« Márkusz seufzte. »Da hat der große Brand nichts ändern können. Bis auf ein paar Viertel ist die Stadt fast wiederhergestellt. Nach dem letzten Feuer bin ich schweren Herzens fortgegangen, doch ich muss sagen, dass es nicht zu meinem Schaden war. Ich kehre als geachteter Mann der philharmonischen Gesell-

schaft zurück.« Sándor bemerkte den melancholischen Unterton. Mit einem Seitenblick auf seinen alten Freund stellte er betrübt fest, dass dieser in den letzten Monaten alt geworden war. »Was ist mit Ihnen, Márkusz? Sie sind doch nicht etwa krank?«
»Ich denke, Pest bekommt mir besser. Hier hält mich nichts mehr.« Márkusz Blick verdunkelte sich. Sándor überlegte kurz, ob er überhaupt sein Anliegen vorbringen sollte. Nein, dazu war das alles zu wichtig. Er wollte den Weg hierher nicht umsonst gemacht haben.
»Möchten Sie diese Schenke wählen?«, fragte er mit heiterer Stimme. »Hier lässt sich trefflich reden. Es ist noch nicht so voll, wie in den anderen.«
»Ja gern.« Márkusz nahm seinen Hut ab, bevor sie die einfache Gaststube betraten.
Der Wirt sah ihnen überrascht vom Tresen aus entgegen. Die Oberschicht traf sich eher in den größeren Gasthäusern, mit Ausblick auf die Donau, auf der anderen Seite der Insel. Er brachte zwei Schoppen an den Tisch, von dem aus sie einen guten Blick auf den Kanal und den dahinterliegenden Schlossplatz haben konnten. Márkusz Rosenthal sah mit wachem Blick über sein Glas. »Was willst du mit mir besprechen?«
»Sie wissen doch um den Plan, den Lajós, Jókai und ich ausgearbeitet haben. Wir wollen ihn, sobald der Schnee vergangen ist, auf der Habsburg vorstellen. Diktat, Zensur und Frondienst – das Joch, das sie uns aufgezwungen

haben – damit muss Schluss sein!« Sándor schlug bekräftigend mit der Faust auf die Tischplatte, dass der Wirt und auch die anderen Gäste einen Moment aufmerkten.

»Ich weiß, mein junger Freund, ich weiß.« Márkusz legt mahnend seine Hand auf Sándors. Mit gedämpfter Stimme fuhr er fort: »Um des lieben Friedens willen muss man Zugeständnisse machen!«

»Der Plan steht.« Die Augen des Jüngeren glühten, seine Stimme senkte sich. »Wir suchen im ganzen Land nach Verbündeten im Kampf um die Freiheit. Es muss gelingen!«

»Das wird kein gutes Ende nehmen.« Márkusz stellte den leeren Kelch nachdrücklich auf die gescheuerte Holzfläche. Seine Stirn zierte eine tiefe, steile Falte.

»Veränderungen finden nicht durch die Schärfe der Klinge und nicht mit einem kleinbürgerlichen Krakeel statt. Das will besser durch Diplomatie erreicht sein. Das kann ich nicht gutheißen.«

»Diplomatie!« Sándors Gesicht lief rot an. »Onkel Márkusz, wir können und wollen uns nicht mehr beugen! Was genug ist, ist genug. Lajos, István und ich ringen nicht für uns, nein, für alle Ungarn. Es muss eine Wende her! Dazu brauchen wir Ihre Hilfe.«

»Ich beteilige mich doch nicht an einem Aufstand des gemeinen Volkes! Ich bin ein Mann von Stand und dazu in Staatsdiensten! Wie stellst du dir das vor, mein Junge?«

Rosenthal hieß nicht alles gut, was die Vorherrschaft der Habsburger mit sich brachte. So war er den Umtrieben der Jugend zwar aufgeschlossen gegenüber, doch offen darüber debattieren lag ihm nicht.

»Wir kämpfen nicht für unsere eigene Freiheit im Reden wie im Handeln. Einzig, was uns fehlt, ist ein eigener Verbunkos, mit dem wir uns Gehör verschaffen können! Und da dachte ich an Euch, den großen Márkusz Rosenthal!« Sándor machte eine Faust. Seine Augen blitzten im Schein des verstaubten Leuchters an der Decke. »Die Soldaten rekrutieren ihre Gefolgsmänner mit einem Verbunkos. Das könnten wir auch, wenn wir ein Lied hätten, das jeder versteht. Sie müssen uns helfen, Onkel Márkusz! Als Freund und als Musiker.«

»Ich kann doch kein Rebellenlied schreiben!« Stirnrunzelnd schüttelte er sein ergrautes Haupt. »Ich bin zu alt für derlei Auseinandersetzungen. Euer Freiheitsdrang offenbart Möglichkeiten, doch seine Gefahren fürchte ich mehr.« Er nahm einen Schluck und sah wortlos zum Fenster hinaus. Es schien, als sei damit für ihn das Thema beendet.

»Onkel Márkusz, bitte! Sie sind ein Mann des Geistes, Sie müssen uns und unsere Sehnsucht doch verstehen. Ich dachte an ein kleines Lied, einen Verbunkos.«

Die Gaslaternen erhellten den Schlossplatz und ihre Lichter tanzten auf den Wellen. Die Stille am Tisch wurde ihm unerträglich. Sándor sah abwartend zu Márkusz, der weiterhin

mit gerunzelter Stirn ohne ein Wort zum Fenster hinaussah. »Wenn das herauskommt, kann ich meinen Hut nehmen, Sándor. Aber ...«
Márkusz leerte seinen Krug und stellte ihn etwas zu laut auf der Tischplatte ab.
»Ich meine, ich mache mich zum Helfershelfer einer Revolution.«
»Onkel Márkusz, wir wollen etwas bewegen. Das geht nicht ohne Kampf. Bitte, helfen Sie uns.«
»Was heckst du schon wieder aus, Petöfi?« Der Wirt war unbemerkt an ihren Tisch getreten. Márkusz Rosenthal zog die Stirn in Falten. Das fehlte grad noch! Petöfi war es auch sichtlich unangenehm, er drehte das Glas nervös in der Hand, ehe er es dem Wirt hinhielt. »Was geht dich das an, Wirt? Schenk mir einen Wein nach.«
»Wirt, ich verrate es Ihnen.« Márkusz lächelte und legte Sándor seine Rechte auf die Schulter.
»Mein junger Freund möchte ein Gedicht von mir vertont wissen als eine Art Verbunkos. Ich bin unschlüssig, aber was soll ich machen? Ich kann ihm kaum einen Wunsch abschlagen, ich kenne den Jungen schon sein Leben lang.«
Er leerte seinen Schoppen, sah zu Sándor und fuhr dann mit einem geheimnisvollen Glitzern in den Augen fort: »Vielleicht habe ich das richtige Stück für dich!«
»Wollen Sie mich auf den Arm nehmen, Onkel Márkusz? Gerade eben noch lehnten Sie ab!«
»Mein junger Freund, ich werde dir erklären,

wieso ich dir das Lied jetzt doch geben will.« Schmunzelnd sah Márkusz Rosenthal von Sándor zum Wirt und zurück. Er räusperte und zog ein Stück Papier aus seiner Manteltasche.

»Ich trage es seit Tagen bei mir. Bis heute wusste ich nicht, wozu ich diese Zeilen schrieb. Doch ich glaube, sie passen grad recht zu einem fröhlichen Lied oder zu einem Tanz von mir aus.«

»Ach, das ist interessant! Die Spielmänner müssten jeden Augenblick auftauchen, Herr Rosenthal. Meint Ihr, die können das spielen?« Der Wirt hob aufgeregt die buschigen Augenbrauen. Waren ihm die Zigeuner sonst lästig, aber wenn sie etwas Neues spielten, würde es vielleicht mehr trinkfreudige Männer hereinlocken. Er rieb sich insgeheim die Hände, während er eine Verbeugung andeutete. »Und hier findet dann die Geburtsstunde statt! Das ist mal was!«

In diesem Moment trat eine kleine Gruppe Musiker, begleitet von Zigeunerklängen, in die Gaststube. Der Wirt eilte aufgeregt gestikulierend zu ihnen. Sándor und Márkusz erwiderten freundlich den auf sie gerichteten Blick.

»Wenn das nur ein gutes Ende nimmt«, meinte Márkusz missgestimmt. Schon länger blieb der Erfolg aus, seine Musik trug nicht mehr so recht, da kam ihm diese Aufmerksamkeit recht. »Wir werden es sehen und hören, junger Freund. Ich bin gespannt.«

Die Spielmänner stellten sich auf dem freien Platz zwischen Tresen und Tischen auf und zückten ihre Instrumente. Der Kapellmeister kam auf ihren Tisch zu. »Verehrter Herr Rosenthal, es ist uns eine Ehre, Euer Lied spielen zu dürfen.«
»Mal sehen, was Sie daraus machen.« Márkusz übergab ihm die Noten.
»Ihr bekommt sie gewiss unversehrt zurück, Herr Konzertmeister.«
Sie griffen zu ihren Instrumenten und wenig später füllten die ersten Klänge den Raum. Erst holperig, dann stimmiger fanden die Musiker den Ton.
Ein paar Männer, die das Ganze von ihren Tischen aus beobachtet hatten, erhoben sich und legten plötzlich einander die Hände auf die Schultern. Sie bildeten einen Kreis, der sich um die eigene Achse drehte. Im Gleichtakt schwangen die Füße nach vorn, erst links, dann rechts und wieder links. Sie wirbelten herum und fanden sich erneut zum Kreis zusammen. Die Umstehenden klatschten im Takt der Musik. Als der letzte Ton verklungen war, applaudierten sie den Tänzern.
Der Wirt trat mit zwei Krügen Wein an ihren Tisch. »Zum Wohle, die Herren.«
»Gebt diese Krüge den Musikanten, Wirt, und jedem Tänzer auch einen. Sie haben sich eine Runde wirklich verdient. Die Rechnung geht auf mich.« Márkusz strahlte über das ganze Gesicht. »Die Musik ist wie gemacht zu einem Tanz. Dass ich darauf nicht selbst gekommenbin!«

»Dann habe ich meinen Verbunkos?«

»Ja, Sándor, doch bedenke, es ist ein einfacher Csárdás ... ein Wirtshaustanz.«

»Egal, was es ist, Onkel Márkusz, es ist ein schönes Lied, zu dem sich trefflich tanzen lässt.« Zum Kapellmeister gewandt rief er: »Bitte, Meister, bitte spielt es noch einmal.«

Der Abend wurde lang. Die Geiger spielten ein ums andere Mal und die Männer tanzten ausgelassen und fröhlich dazu.

»Siehst du, mein Lied kommt an!«

Márkusz Stimme war etwas unrund, fand Sándor. Er grinste. Meinem alten Freund ist wohl ein Wein zu viel die Kehle hinabgeflossen. Sándor reihte sich in den Kreis ein. »Mir gefällt der Titel: Csárdás, was so viel heißt wie: aus der Schenke. Diesen Tanz nehme ich mit!«

Márkusz hob den Krug an die Lippen. »Ich denke, ich habe genug.«

Wenig später tänzelten Sándor Petöfi und Márkusz Rosenthal Arm in Arm durch die kaum erleuchteten Gassen der Stadt. »Sie werden sehen, Márkusz Rosenthal, der Csárdás wird Ihr Erbe sein und Baja die Stadt an der Donau, in der er geboren wurde.«

Enescu – Ein Leben für die Geige
Poème Roumain

Von den Champs Élysée und der Stadt dringt wenig durch die mit Portieren abgeschirmten Fenster. Ein gleißender Sonnenstrahl durchbricht den Spalt zwischen den Vorhängen und erhellt das Dämmergrau im Schlafzimmer. Marucas groß gewachsene Gestalt wirft einen Schatten an die gegenüberliegende Wand. Ihre Haut schimmert im Licht und im Haar glänzen einzelne Silberfäden.

George, im Bett sitzend, hält sich die Hand vor die Augen. »Bitte, Maruca.«

Sie schließt den Vorhang, der Schatten verschwindet und mit ihm das Licht. »Gut so?« Er antwortet darauf mit einem Achselzucken und wendet das Gesicht zur Wand. Der Schlaganfall fesselt ihn ans Bett, wie sein altes Rückenleiden.

Seit er in die Suite umgezogen ist und alle Annehmlichkeiten des Hotels nutzen kann, hat sich ihrer beiden Leben beruhigt.

»Du bist hier besser aufgehoben, als ich es für dich leisten kann, George.« Maruca bewohnt allein ihr gemeinsames Appartement und kommt gegen Mittag zu ihm und verlässt ihn am späten Nachmittag nach dem Tee.

»Das Licht ist aus, geh.« Seine Worte klingen hart, manchmal. Sie wartet jeden Tag auf diesen Moment. Ein bitterer Zug legt sich um ihre Lippen, ihre Gefühle verharren hinter einer Maske. Dann küsst sie ihn auf die Stirn und geht. Erst draußen auf dem Gang mit den dicken Teppichen lehnt sie einen Moment nach Atem ringend an der Wand, bevor sie mit unbewegter Miene in den Aufzug steigt.

Die Abende verbringt sie mit Freunden nach dem Theater beim Essen oder in ihrem Appartement. »Warum nicht?«, hat sie in einem Gespräch auf die Frage geantwortet, weshalb sie fast jeden Abend ausgeht. Mancher in ihrem Umfeld findet es befremdlich, dass sie die Nacht zum Tag macht und tags darauf an seinem Bett sitzt. »Ich verdanke ihm mein Leben, durch ihn wurde ich von den Qualen meines Lebens erlöst Aber habe ich kein Anrecht auf Zerstreuung? «, erwidert sie mit bitterem Ton. Sie erntet Schulterzucken ihres Gegenübers. Das Unverständnis macht sie traurig. Ihr habt keine Ahnung! Sie wendet sich ab, damit niemand ihre Tränen sieht.

Heute hat er sie mit Schweigen begrüßt und sich dann zur Wand gedreht. Sie hört seinen regelmäßigen Atem. Die Luft im Zimmer drückt auf ihre Brust. Gedankenschwer geht sie nach nebenan ins Wohnzimmer. Sie setzt sich in den Lehnsessel am Schreibtisch vor dem Fenster. Darauf sind seine Fotos aufgereiht. Eines zeigt George als jungen Mann mit der geliebten Geige, auf anderen dirigiert er mit wallendem Haar oder spielt mit versunkenem Blick und von Krankheit gebeugtem Rücken auf einem Flügel im Kegelschein des Bühnenlichts. Sie sieht ihn bei Konzerten in aller Welt, mit der Geige oder dem Taktstock in der Hand. Das Publikum feiert ihn begeistert, egal wo er auftritt. Ein weiteres Bild zeigt ihn als wachsamen Lehrer, der seine Schüler in das Mysterium der Musik einführt. Seine Musik. »Das ist mein Leben, seit ich ein kleiner Junge bin«, sagte George, nach einem Konzert in illustrer Runde auf sein Debüt angesprochen. »Der Applaus brandet im hell erleuchteten Saal auf. Mit siebzehn Jahren bin ich, was ich sein will: ein Komponist. Ich verbeuge mich mit glühenden Wangen. Noch unwirklich scheint mir der Name, den die Menge frenetisch von den Rängen ruft: George Enescu! Bis dahin nennt man mich Jurjak. Tags darauf titeln die Feuilletons, ein neuer Stern sei am Musikhimmel aufgegangen und mit meinem Poème Roumain habe ich einen Meilenstein nicht nur bei den Colonne Concertes in Paris gesetzt, nein, für die gesamte Musikwelt. Und sie fügen hinzu: Man merke sich den 6. Februar 1898 und den Namen George Enescu. Und ich? Ich habe getan, was in mir ist.« Nach dem fulminanten Debüt im Paris kommt George kaum zur Ruhe. Man reicht ihn herum. Hier ein neues Stück aus seiner Feder, dort eine gefeierte Interpretation alter Meister. Später sagte er mit einem bitteren Zug um die Lippen. »Man sah in mir einen Wanderpokal. Es hat Freude gemacht, denn ich wollte nichts als spielen.«

George sammelt jeden Zeitungsschnipsel über sich in ungezählten Ordnern. »Weißt du, sie sind mir Erinnerung«, sagt er ihr. »Wenn ich darin blättere, kommen die Bilder zurück, die ich vergessen glaubte. Das erste Interview ist ebenso einmalig wie mein offizielles Debüt als Geiger. Ich habe das Gefühl gehabt, wahrhaftig ich zu sein. Ich habe die Rolle meines Lebens geliebt.« Sie antwortet darauf: »Es ist eine Reise der besonderen Art, George«, und fügt hinzu, »auch für mich.«

Maruca erinnert sich gern des ersten Hauskonzerts im Castelul Peles, der Sommerresidenz der Familie Hohenzollern, von der sie ein Teil ist. Dort begegnet sie ihm das erste Mal und erliegt der Faszination dieses jungen Musikers.

»In dem Moment, als ich ihn sah, legte er mit seinem Blick einen Zauber auf mein Leben«, schreibt sie später in einem Brief. »Meine Seele bleibt sein bis zum Lebensende. Ich warte auf ihn, wie ein fieberkranker Mensch nach einer schlaflosen Nacht der Qual auf das Morgengrauen wartet.«

Ihre Wege sind andere – vorgezeichnet.

»Glücklich macht mich nur das Spiel – und deine Nähe.« Bei Maruca kann er aufatmen. Sie drängt ihn zu nichts, sie nimmt ihn, wie er ist. Wenn er von einer Reise zurückkommt, treffen sie sich heimlich. Sie ist eine verheiratete Frau und er ein berühmter Mann. Sie kuschelt sich an seinen nackten Körper und streicht zärtlich über seine Brust, er legt seinen Arm um ihre Schultern. Für sie der schönste Moment, die friedliche Zeit nach

flammender Leidenschaft und glühender Ekstase. Auf weißen Schwingen trägt er sie, und sie landet in flauschiger Watte. »Meine Liebe, mein Leben«, flüstert er ihr zärtlich ins Ohr. Und sie wünscht sich sehnlichst, ihn immer bei sich zu haben. »Können wir nicht immer zusammen sein?«
Ihre Stimme klingt wie die eines heiteren Mädchens. »Ohne verhängte Fenster und Stillschweigen.«
»Du weißt, dass das nicht geht.« George löst sich von ihr und starrt an die Zimmerdecke. »Ich habe mein Leben. Du hast deinen Mann.«
Bitterkeit steigt im Innern hoch, Krämpfe schütteln sie. Sie wirft sich an ihn. Klammert.
»Ich brauche dich! Ich will dich!«
»Ich weiß, Liebes. Mir geht es nicht anders.« Er nimmt ihr Gesicht in die Hände und küsst sie. »Lass gut sein, Prinzesschen.«
»Was bleibt mir anderes? Ich kann nicht! Ach, George!«
Ihre Stimme wird unangenehm in seinen Ohren, Tränen rinnen die Wangen hinunter. Sie kuschelt sich in die Decke und sieht mit verschleiertem Blick, wie er sich anzieht und wortlos das Zimmer verlässt.

Die Leidenschaft, die sie antreibt, bleibt.

Das Leben schreibt sein eigenes Lied, denkt sie, und ein schneidendes Lächeln umspielt ihre Lippen. Sie schaut auf ihre alten Hände. Der Ring sieht aus wie neu, dabei trage ich ihn schon eine ganze Weile. Wie liebten wir uns hinter einfachen Hotelzimmertüren oder bei einem Ausflug ins Grüne! Sie erinnert sich jener Zeilen, die sie ihrem Tagebuch anvertraut hat.

»Da habe ich ihn für mich allein. Nicht einmal seinen Notenblock hat er dabei! Und mein Mann weiß zu verhindern, dass pikante Details an die Öffentlichkeit gelangen, die seinem Image als integren Politiker schaden. Er ist kein Kind von Traurigkeit und sucht in fremden Betten, was ich ihm nicht geben kann. Es ist mein Leben, George ist mein Leben. Doch jedes Mal bleibt ein kaltes Laken zurück.«

Ein Zwiespalt, der sie in einem Karussell gefangen hält. Höhen und Tiefen wechseln sich ab, wie die Stimmungen sich wandeln. George sucht sein Heil in der Musik, für sie hat er einen Platz in einem Sanatorium gefunden.

Sie erinnert sich ungern an diese Zeit. In einem Brief beschrieb sie ihre Qual: »Wenn die Tage dunkel scheinen und das Licht sich hinter dicken Wolken versteckt, scheint die Hölle das Paradies zu sein. Und nichts ist schlimmer als eine Hölle auf Erden.«

»Bitte, George, heirate mich«, drängt sie, als ihr Mann bei einem Autounfall stirbt und sie allein zurücklässt. »Von jetzt an gehörst du zu mir«, meint er und reicht ihr die Partitur des Oedipe. Sie findet darin eine Widmung: der Muse meines Lebens. Es zerreißt sie fast: Sie wäre viel lieber seine Frau! Sie heirateten dann noch. Wie gern wäre sie von ihrem Vater an George gereicht worden! Doch er hat den Freitod gewählt, als sie vierzehn Jahre zählte. Bis

heute ist es ins Gedächtnis gebrannt, wie ein Foto, das die Zeit lebendig macht. Das ist vielleicht der Grund für mein Sehnen nach Liebe und die vielen Stunden der Traurigkeit, überlegt sie und stellt das Foto zurück. Das Schicksal hat es am Ende nicht gut mit uns gemeint.
Auf ihrer Stirn zeigt sich eine steile Falte und ihr Blick verliert sich. Wie lang ist ein Leben, fragt sie ihr Spiegelbild im Fenster. Wenn die Tage hell und lieblich klingen, währt es ewig – für den Moment. Tränen verschleiern ihren Blick. Es ist lange her, dass George Dutzende Notenblätter vollschrieb. Es hat ihr Spaß gemacht, wenn er die Luft dirigierte oder sie sein neues Werk besprachen. Später hat er im Bett sitzend gearbeitet.

»Wenn ich alles zu Papier bringe, was sich in meinem Kopf bewegt, würde ich Hunderte von Jahren benötigen. Ich komponiere langsam und sorgfältig – nicht in exakter Übereinstimmung mit dem herrschenden Stil heutiger Tonsetzer. Ich gehe meine Werke immer wieder durch, obwohl ich weiß, sie werden nicht aufgeführt werden. Ich schaffe wenig, doch so gut ich es noch kann.« Er habe keinen Antrieb mehr, sagt er, und das Reden ermüde ihn. Seine Stimmung wechselt zwischen Belustigung und Verbitterung. An manchen Tagen starrt er stundenlang wortlos die Wand an. Die Vorhänge sind zugezogen, die Luft verbraucht. An guten Tagen begrüßt er sie im Bett sitzend, streichelt ihr Gesicht und ihre Hände, wenn sie sich zu ihm setzt. Dafür komme ich, denkt sie.

»Prinzesschen?«

Maruca zuckt verwirrt zusammen. Mit Mühe erhebt sie sich und geht ins Schlafzimmer. Er sitzt im Bett und fingert an der Decke herum.

»Was hast du gemacht?«

»Ich war in Gedanken.« Sie streichelt über die alte, schlanke Hand und blickt auf die kleine Uhr auf dem Nachttisch. Später Nachmittag.

»Durst.« Georges Atem rasselt, sein Blick ist müde. »Soll ich deinen Tee kommen lassen?«

Ein alter, kranker Mann. Er nickt teilnahmslos.

»Prinzesschen? Bleibe bei mir, heute.«

Sie nimmt seine Hand. »Ja, mein Lieber.«

George sieht aus tiefliegenden Augen zu ihr, ein Lächeln zeigt sich auf seinem grauen Gesicht.

»Ich fühle die Macht der Ganzheit in mir. Durch deine Liebe.« Er räuspert sich, seine Stimme ist brüchig. Sie merkt, dass ihm das Sprechen schwerfällt. Tränen steigen in ihr hoch. »Ich wünschte mir, dass das Strahlen nie verblasst.«Sie streichelt wortlos seine Wange. »Ich weiß.«Er hebt sich aus den Kissen zu ihr. Sein Blick ist klar. »Oh, meine Liebe! Ich möchte einschlafen mit dem Bild deines geliebten Blickes. Er streichelt die letzten Augenblicke meiner Qual – Maruca, meine Prinzessin.«

Er hält ihre Hand an seine Wange. »Meine Göttin.« Sie erwidert seinen Blick. »Unsere Liebe wird ewig währen.« George fällt schwer atmend in sein Kissen. Sein Anblick schmerzt sie, ihre Anwesenheit scheint ihm aber gutzutun. Sein Atem geht ruhig, als er die Augen schließt. Und es wird still um sie. Sie sieht sich mit ihm vereint – eine Liebe, tief und sinnlich, dass die Welt sie bewundernd kommentiert – ein ganzes Leben lang. Romeo und Julia nennt man sie offen auf Gesellschaften.

»Der Liebe leichte Schwingen trugen mich, kein steinern Bollwerk kann der Liebe wehren.« Diese Zeilen könnten für uns geschrieben sein, denkt sie und nimmt seine Hand in die ihre.

Mit jedem Augenblick verwischen die Konturen im Zimmer, bis die Schatten sich auflösen. Sie haben es nicht leicht gehabt, der Krieg hat ihnen bis auf ihre Liebe alles genommen, Besitz hat nichts mehr gezählt. Ein kleines Appartement in Paris mit wenigen Möbeln, der tägliche Kampf ums Leben. George schreibt, lehrt und spielt, wo es geht. Es ist seine Zeit.

»Der Alltag mit einem besessenen Musiker wie George ist schwer zu ertragen. Er sitzt da und komponiert. Und wenn er zu Konzerten reist oder Unterricht gibt, bleibe ich einsam zurück. Ich habe nicht all die Jahre …«

Maruca atmet tief ein, um die plötzliche Leere in ihrem Innern zu füllen. Ein Leben, eine Liebe. Diese stillen Rückblicke sind ihr Anker und Strudel zugleich. Die fröhlichen Bilder legen sich wie ein Pflaster auf die dunklen Gedanken, wie sich die traurigen Vorstellungen vor die schönen legen. Sie betrachtet George wie aus der Ferne. »Auf ein legendäres

Leben wie unseres, mit seiner ganzen Welt an fantastischen Träumen sowie die spontane Flamme, die uns gezündet hat.«
Weinen möchte sie, doch es fließt nichts. Einzig ein Kloß schnürt ihr die Kehle zu. Als ihr Mund den seinen berührt, schließen sich seine Lider ein letztes Mal.

»Und stirbt er einst, nimm ihn,
zerteil in kleine Sterne ihn:
Er wird des Himmels Antlitz so verschönen,
Dass alle Welt sich in die Nacht verliebt
Und niemand mehr der eitlen Sonne huldigt.«
(Shakespeare, Romeo und Julia

Der falsche Rinderhirte
Hommage an eine Suppe

»Das war ein mauer Abend gestern.« Martón saß am Stammtisch neben dem Tresen und zählte die Einnahmen zusammen. Er stützte den Kopf schwermütig auf seine großen Hände. Ihre kleine Csárda warf praktisch nichts ab! »Und die Reste kann ich vor die Schweine werfen!«

Marika sah ihn mit bitterem Blick über die Schulter an. »Ob die das zu würdigen wissen? Das liegt nicht an mir!«

Die Galle in ihren Worten ließ ihn zusammenfahren. Nein! An dir liegt es nicht! Nein, nicht! Du stehst nicht in der Küche. Martón erhob sich schwerfällig, sein rechtes Bein tat weh und sein Rücken. Das kommt nicht nur von der Arbeit, dachte er mit einem Seitenblick auf seine Frau.

Sie stand, die Hände in die Seite gestützt, vor ihm wie ein rothaariges Bollwerk in Kittelschürze. Sie verschoss giftige Blicke, gewürzt mit beißendem Spott.

»Hättest du was Besseres gelernt, würde ich nicht hier mitten in der Pampa versauern!«

Martón konnte es nicht ertragen, wie sie ihn jetzt ansah. All die Verachtung, die aus ihrer frustrierten Miene sprach, wenn sie hinterm Tresen auf Gäste warteten! All die Häme, die sich täglich über ihn ergoss, wenn wieder kein

Geld in die Kasse gefunden hatte! Ihre Wünsche verwehte der Wind der Puszta. »Ich werde zu meiner Schwester fahren. Da habe ich, was ich brauche – vor allem bessere Gesellschaft als Schweine, Hühner und ...« Sie machte bewusst eine Pause, ehe sie scharf hinzufügte: »Und dich!«

Er sah ihr hilflos nach, als sie ohne ein weiteres Wort nach hinten in die Wohnung lief. Ihre Absätze klapperten wie Gewehrsalven an sein Ohr. Sollte er ihr nachgehen? Mit ihr reden? Sinnlos. Er wusste nur zu gut, dass er ihren Tiraden nicht ausweichen konnte. Das hatten ihn die Ehejahre hier draußen gelehrt.

In seine Küche kam sie nie; da hatte er seine Ruhe. Das war sein Reich seit fünfundzwanzig Jahren. Er hatte mit einem Kredit die Csárda eingerichtet und die Rezepte ausgepackt, die er in den Jahren zuvor in anderen Küchen gesammelt hatte. Hoffnungsvoll starteten sie am Rande der Puszta. Feine Gerichte zu niedrigen Preisen sollten vor allem am Wochenende Dutzende auf ein Essen herlocken.

Was in den ersten Jahren gut gelaufen war, entwickelte sich mehr und mehr zu einem einsamen Bemühen. Verzweifelt kämpften sie miteinander gegen die Leere in der Gaststube und in der Kasse. Dann flüchtete seine Frau das erste Mal vor dem Kummer zu ihrer Schwester. In den letzten Jahren war sie häufiger weg gewesen und hatte ihn mit allem allein gelassen. Ihre Schritte entfernten sich. Mit lautem Knall schloss sich die Tür.

Totenstille kroch durch die geöffnete Hoftür herein, breitete sich bleiern aus und lähmte ihn. Martón ließ sich auf seinen Stuhl sinken und starrte die Wand an. Er hatte keine Lust aufzuräumen. Auf dem Herd stand der Topf mit dem Gulasch. Wenn morgen niemand kam, blieb es für die Schweine. Benutztes Geschirr stand noch herum und der Boden war noch nicht geputzt. Einzig seine Gewürze standen fein säuberlich nebeneinander aufgereiht im Regal. Er erhob sich kraftlos. Wenn er nicht aufräumte, machte es niemand.

Als die Sonne tief am Horizont stand, blutrot und riesig, saß Martón draußen auf der Bank, ein Glas Pálinka in der einen, eine Zigarette in der anderen Hand. Wie lange war das her? Er hatte es ihr zuliebe sein gelassen, obwohl es ihm nicht leichtgefallen war. Die ersten Züge inhalierte er tief, dass ihm die Luft wegblieb. Er schnippte den Stummel in den Staub. Der Schnaps brannte, er tat gut für den Augenblick. Er steckte sich noch eine Zigarette in den Mundwinkel und fingerte nach den Streichhölzern in der Jacke. Das leere Glas stellte er auf die Bank neben sich.

Seine Gedanken flohen über die weiten Wiesen zurück in ihre ersten Jahre. Wie hatten sie sich geliebt! Wie groß war ihr Zusammenhalt gewesen! Nach der politischen Wende, die ihn in die Heimat zurückgeführt hatte, wollten sie in der alten Csárda glücklich sein. Gemeinsam sind wir stark, hatten sie betont und alles auf diese Karte gesetzt. Die ersten Jahre konnten sie zufrieden sein. Von früh an stand er am Herd und kochte in großen Töpfen, was ihm mittags in Terrinen und tiefen Tellern von Feldarbeitern und Holzfällern aus der Hand gerissen wurde. Und am Wochenende kamen Familien mit Kindern und ab und zu ein paar Touristen, die hier draußen die wahre Puszta erleben wollten. Wenn es das Wetter gut meinte, stellte er das Dreibein auf den Platz vor dem Haus und kochte einen Kessel Guylas, ein Pörkölt oder ein Paprikás. Wenn einer seiner Freunde einen Wels geangelt hatte, gab es eine Halaszlé, eine Fischsuppe. Und an lauen Sommerabenden stellte er den Grill nach draußen und briet Wurst und Fleisch. Zuerst hatte seine Frau in der Küche mitgeholfen, aber sie suchte eher die Gesellschaft ihrer Gäste und flirtete gern mit dem einen oder anderen. Wenn die Stimmung an ihrem Höhepunkt angelangt war, hörte er sie die alten Lieder inbrünstig mitsingen und sah durch die Küchentür, wie sie tanzte. Marika kümmerte sich darum, dass alle fröhlich waren und beseelt heimgingen.

Ihn machte es glücklich, sie zu sehen. Seine Welt war in Ordnung gewesen. Seine Frau war zufrieden und sah glücklich aus. Und wenn sie dann im Bett eng gekuschelt lagen, war für ihn all die Arbeit vergessen. Als dann vor Jahren die ersten großen Betriebe schlossen und die Menschen nicht mehr unbefangen das Leben genießen konnten, saßen sie häufiger allein in der brütenden Hitze. In der Dämmerung räumten sie die Tische ab, schlossen die Tür und fielen müde in die Kissen. Dann war seine Frau das erste Mal zu ihrer Schwester gefahren. »Es ist nicht viel zu tun, da kann ich doch ... Sie hat Kinder.« Für Kinder hatte ihre Zeit nicht gereicht. Er hätte gerne einen Sohn gehabt, dem er die Csárda später hätte geben können, und ein kleines Mädchen, dessen weiches Haar ihn am Kinn gekitzelt hätte. Nichts dergleichen.

Wehmütig schenkte er sich noch einen Pálinka ein. Wie lange würde sie diesmal fortbleiben? Morgen hatten sie ihre Silberhochzeit. Was würde sie sagen, wenn sie heimkäme? Vorwürfe und Schmähungen? Würde sie ihm sagen, dass sie das alles satthatte? Dass er ein Nichts war und unfähig zu kochen? Sie betonte, dass sie keine Schuld am Scheitern hätte, die Männer würden gerne mit ihr ... In der Stadt gäbe es zu Hunderten Männer, die ihr ein passendes Leben bieten könnten, eines, das sie glücklich machte! Da hatte er sie gefragt: »Warum kommst du zurück?« Zuerst hatte sie darauf gesagt: »Weil ich dich liebe.« In den letzten Jahren hatte er keine Antwort darauf mehr bekommen.

Im Schein der Außenbeleuchtung wirkte »sein kleines Reich«, wie er es nannte, friedlich und harmonisch. Er sah zum Stall hinüber, in dem die Muttersau mit ihren Ferkeln neben den Hühnern schlief.

Ihr Schnarchen drang wie leise Musik zu ihm. »Sie schlafen den Schlaf der Gerechten", sagte er halblaut. »Das sollte ich auch tun.« Mühsam erhob er sich und ging ein paar Schritte, sein Bein schmerzte noch. Über die Wiesen hatte sich die Nacht gelegt, es war finster geworden. Sein Haus leuchtete mahnend, die Akazien und die wenigen Obstbäume ringsum gaben ihm das Gefühl, nicht ganz allein zu sein. Sie wachten über ihn.

Am nächsten Morgen trat er aus der Tür hinaus. Der Himmel strahlte blau, allein der Sonne fehlte die Kraft. Er fühlte sich gut, sein Bein gab Ruhe und der Rücken tat nicht mehr weh. Mit einem Eimer Küchenabfälle ging er hinüber zu den Schweinen. Die Muttersau begrüßte ihn mit anhaltendem Grunzen und die Kleinen quiekten aufgeregt.

Er schüttete den Eimer im Trog aus, drehte den Wasserhahn auf und füllte die Tränken der Hühner. Ein paar Handvoll Futter streute er in ihr Gehege und ließ sie aus ihrem Verschlag.

Mit einem Kaffee setzte er sich auf die Bank und blinzelte nachdenklich in die aufgehende Sonne. Mit einem Mal erhellte sich seine Miene. Er schlug sich vor die Stirn.

»Dass ich nicht gleich darauf gekommen bin! Das ist die Lösung.« Er bräuchte ein richtig gutes Rezept, sodass die Leute wiederkämen, obwohl die Zeiten für niemanden rosig waren! Es würde frühestens zu Mittag der eine oder andere auf ein Glas vorbeikommen. Er lief hinein und griff in die Schublade unter dem Küchentisch neben der Tür. Sie quietschte, er bekam sie schwer auf. »Wie lange hast du da nicht nachgesehen?«, fragte er sich und griff das Rezeptbüchlein seiner Tante. Er sah sich in der Kühlkammer um. »Damit wird alles gut. Auf geht's. Fleisch ist da, Gemüse, Zwiebeln, Paprika. Gut. Dann kann es losgehen.«

Er würde viele Zwiebeln brauchen, halb so viele wie Fleisch. Mit einer großen Schüssel kehrte er an den Tisch zurück. Er nahm einen Schluck Wasser in den Mund. Der Trick funktionierte, nicht mal glasige Augen bekam er, wie viele Zwiebeln er auch in die Hände nahm. Mit dem Küchenmesser schnippelte er die Kartoffeln und Karotten. Das Fleisch landete in mundgerechten Häppchen in einer Schüssel.

Er reihte die übrigen Zutaten auf einem großen Tablett auf – Salz, Pfeffer, Knoblauchzehen, ein paar frische klein geschnittene Tomaten und rote Paprika, gewürfelten Sellerie, Kohlrabi, Rettich und Petersilie, Schmalz, ein paar Scheiben Mangalitza-Speck, Paprikapulver, Peperoni, Kümmel, Brühe, Rotwein und dann noch sein kleines Geheimnis, das dem Ganzen seine besondere Note gab, eine große Tasse Fischfond. Diese Finesse hatte er von seiner Tante übernommen. Sie hatte dazu gesagt: Ein bisschen muss sein, damit es gelingt.

Mit großem Elan ging er an die Arbeit. Er holte das Dreibein aus der Ecke, stellte es mitten auf den Hof und hängte den größten Bogrács an die Kette. »Gulaschsuppe nach Art

der Rinderhirten im bewährten Kessel zubereitet schmeckt noch mal so gut«, meinte er zu den Schweinen, die ihm bei seinen Vorbereitungen zusahen. Die Gasflasche platzierte er in einigem Abstand und den Brenner direkt unter den Kessel. Er schleppte den Küchentisch und das Tablett mit den Zutaten heran. Er nickte. »Ich habe alles, was ich brauche.«
Mit jeder Zutat, die zur rechten Zeit im Kessel landete, hellte sich seine Miene auf. »Du hast nichts verlernt, mein Freund. Du bist ein guter Koch, wenn sie es auch nicht mehr interessiert.«

Er spie abfällig in den staubigen Boden. »Ihr wird der Mund offen stehen bleiben, wenn sie merkt, dass ich nichts vergessen habe.«

Der Duft, der dem Kessel entstieg, war verführerisch. Martón nahm einen kleinen Löffel und tauchte ihn in die köchelnde Suppe. »Das ist nach meinem Geschmack!« Als die Sonne den Horizont erreichte, hatte er die restliche Suppe in einen kleinen Topf umgefüllt, der Kessel stand sauber im Schuppen und die Küche blinkte und blitzte. Im Gastraum war ein Tisch festlich gedeckt und er hatte sich für sein Candellight-Dinner umgezogen.

Da hörte er ihren Wagen über den Kiesweg auf den Hof fahren. Durch die Gardine beobachtete er, wie sie sich suchend umsah und ums Haus in die Wohnung ging. Er wusste, es würde noch dauern, bis sie zu ihm kam. Soll sie, dachte er und ein feines Lächeln umspielte seinen Mund. Er holte die Flasche, die er vor Wochen für diesen besonderen Augenblick besorgt hatte, und dekantierte den Wein. Ein paar Tropfen fielen auf die Tischdecke. »Mist!«, entfuhr es ihm. Extra die Decke tauschen? Nein. Er stellte die Karaffe drauf. »Dann merkt sie es nicht gleich.« Mit einem Pálinka setzte er sich vors Haus auf die Bank. »Ich bin fertig.«

»Na, Martón, Schnaps! Geraucht hast du auch! Und das gerade an unserem Tag!« Das helle Kleid mit den Blumenmotiven unterstrich das warme Rot ihrer Haare. »Wir haben Silberhochzeit, vergessen?«

»Nein, das habe ich nicht vergessen.« Er blieb ruhig, erhob sich und zog ein Tuch aus der Hosentasche. »Ich habe eine Überraschung für dich, Marika. Mach die Augen zu, bitte.«

»Du weißt, dass ich Überrumpelungen nicht mag.« Sie drehte sich dennoch um und er verband ihr die Augen.

»Komm, ich führe dich.« Behutsam lenkte er sie an den Tisch. »Setz dich bitte.«

Sie schob den Stuhl zurecht. »Das riecht lecker.«

»Extra für uns habe ich was vom Rinderhirten aufgehoben. Den Rest haben die Arbeiter heute Mittag verputzt.«

»Den hast du lange nicht mehr gemacht. Hast du an meine Allergie gedacht?«, fragte sie und er erlöste sie von der Binde. Mit großen Augen betrachtete sie den geschmückten Gastraum und die festliche Tafel. Das Feuer in ihrem Blick, das er geliebt hatte und das so

selten geworden war, glimmte auf.
»Marika, mach dir keine Gedanken. Soll ich Musik machen?«
»Gerne.« Ihre Augen strahlten im Schein der überall verteilten Kerzen. Er tippte auf den Startknopf der Musikanlage im Regal hinter dem Tresen. »Ich bin gleich zurück.«
Während er in der Küche ihre beiden Teller herrichtete, hörte er sie die Melodie mitsingen. Über sein Gesicht huschte ein feines Lächeln, als er mit den Tellern in den Gastraum zurückkehrte. Sie hatte sich vom Wein eingeschenkt und Martón ein Bier hingestellt.
»Schön, dass du gerade heute wiedergekommen bist. Ich hätte sonst allein unseren Ehrentag begehen müssen. Danke für das Bier, Marika. Lass dir den Wein schmecken.«
Er stellte die Teller auf den Tisch, setzte sich ihr gegenüber und sah sie prüfend an.
Sie nahm einen Löffel. »Der Rinderhirte ist dir vorzüglich gelungen. Danke, Martón.«
Sie hob ihr Weinglas und prostete ihm zu.
»Auf einen schönen Abend.«
»Mit diesem Essen wollte ich dir eine Freude machen, Marika.« Mit jedem Löffel beruhigte sich sein Herzschlag, der noch vor Stunden bedrohlich hinter seiner Brust gepocht hatte. Sie nahm einen weiteren Schluck Wein, auf ihrer Stirn tauchten erste Schweißperlen auf.
»Ordentlich gewürzt ist er.« Sie leerte ihr Glas.
»Ich habe ihn nach Tantes Rezept gemacht.«
»Wenn du es sagst.« Als sie den Löffel weg-

legte, sah er, wie sich ihre Pupillen weiteten. Sie zitterte und versuchte zu sprechen, es kamen unverständliche Laute aus ihrem angstvoll geöffneten, rot bemalten Mund.

Sein teuflisches Grinsen ließ ihre Miene gefrieren, dann fiel ihr Gesicht unsanft auf den Teller.

»Drei Schlucke und gut ist es. Stirb langsam, Marika, du hast alle Zeit der Welt.« Martón stand auf und räumte den Tisch ab. Den restlichen Wein kippte er in den Ausguss. »Meine Liebe starb schon gestern.«

Hinter dem Stall stand fertig gepackt sein Wagen. Die Scheinwerfer warfen einen letzten grellen Blick auf die Csárda, dann entschwand das Auto in der Finsternis.

•

»Er hätte das nicht tun dürfen!« Sie fuhr sich hektisch mit der Rechten durch ihr feuerrotes Haar. Ihr Blick verhieß nichts Gutes. Das wirre Klimpern ihrer goldenen Armreifen unterstrich ihren Zorn, der sich mit wütendem Schnauben Luft machte.

»Das habe ich nicht verdient!«

Luzifer sah ruhig der aufgebrachten Frau entgegen, die durch das geöffnete Portal die Empfangshalle betrat. In ihrem geblümten Kleid wirkte sie jünger, als sie war. Der Blick in das große Buch offenbarte alle Fakten.

»Schön, dich zu sehen, Marika. Ein wenig zu früh, aber ... Nun gut, was hast du erwartet,

Marika? Er ist Koch. Was lag da näher? Na ja, ist nicht zu ändern. Aber komme erst mal rein, und beruhige dich!«

»Ich will mich aber nicht einkriegen! Was hätte ich davon?« Ihr Gesicht wurde gefährlich rot. »Er hat mich eiskalt abserviert! Nach all den Jahren, die ich alles für ihn ... Ich fasse es nicht!« Ihre Stimme überschlug sich.

»Du bist nicht unschuldig am Ausgang der Geschichte, weißt du?« Luzifer ging um das Pult auf sie zu und legte seine Hand auf ihren Arm. »Nun setz dich hier auf den Stuhl. Und lass das Schnattern sein, Marika. Es hilft nichts. Wo du gerade hier bist, wirst du bleiben müssen bis ...«

»Bis, was?«, keifte Marika und fuchtelte wild mit den Händen. Ihr Gesicht verhieß nichts Gutes. »Ich will aber nicht!«

»Wenn du dich mit deinem Schicksal abfindest und endlich Ruhe gibst, werde ich beim Herrn ein gutes Wort für dich einlegen. Doch zuvor fülle bitte hier noch die Anträge aus. Das beruhigt dich sicher.« Luzifer grinste schief, überzeugt war er nicht.

»Nicht mal hier ist man vor Formularen sicher!« Sie lächelte gequält, nahm einen Stift aus der Schale und kritzelte ihren Namen an jede Stelle, auf die Luzifer sie geduldig hinwies. »Kommt mir fast vor, wie ein Vertrag mit dem Teufel.«

»Irgendwie müssen wir ja Ordnung reinbringen. Nachdem dich der Tod ein wenig früher ereilt hat, als es eigentlich vorgesehen war, bringt dir das vielleicht Punkte. So, fertig, Marika. – Gabriel!« Luzifers Stimme dröhnte in den unheiligen Hallen. »Es gibt Arbeit für dich!«

»Ich komme ja schon. Warum schreist du so? Ich bin doch nicht taub.«

Marika musste unwillkürlich schmunzeln. Ein Männlein, das Ähnlichkeit mit Quasimodo hatte, hinkte durch eine Seitentür. Sie hatte immer gedacht, alles Hässliche bliebe im Spiegel hängen, sobald man ... Sie schüttelte den Gedanken ab.

Gabriel reichte ihr mit einer galanten Geste den Arm und lächelte spöttisch. »Ach, Marika! Schön, dich hier zu sehen! Darf ich Ihnen das Geleit antragen, gnädige Frau?«

»Ach, lass mich! Ich kann alleine gehen!«

Marika stapfte ihm voraus durch die Tür.

»Lass sie, Gabriel, sie muss das erst verdauen. Das braucht seine Zeit.« Luzifer machte einen Haken hinter Marikas Namen in dem großen Buch auf seinem Pult neben der Tür. Für ihn war die Sache erledigt. Der nächste Kandidat wartete schon. »Gabriel ist mit ganz anderen Kalibern fertig geworden.«

Marika wurde durch enge Gassen geführt, die von kleinen Häuschen gesäumt waren. Es war hell und freundlich und roch recht angenehm, fand sie. Die Leute, denen sie begegneten, waren allesamt heiter und schienen zufrieden. Diese Seelenruhe beruhigte Marika für den Moment. Da trat Gabriel vor eine Hütte, öffnete die Tür weit und ging einen

Schritt beiseite. »Fürs Erste, Marika. Was später wird, werden wir sehen.«

Mit enttäuschtem Blick betrachtete sie das einfache Zimmer. Ein Bett, ein Schrank und ein Tisch mit einem Stuhl. Sie schnappte nach Luft. »Was ist das denn hier? Das sieht ja aus wie im Gefängnis! So habe ich mir das nicht vorgestellt! Ich dachte, ich dachte ...«

Aus dem Augenwinkel bemerkte Gabriel, dass man sich neugierig zu ihnen umsah. »Ich weiß, Marika, es ist minimalistisch eingerichtet. Alle Neuen werden erst einmal so untergebracht. Es soll ja nicht für ewig sein. Ansprüche stellen ist undankbar.«

»Was heißt un-dank-bar?«, fragte Marika gedehnt. »Ich habe nicht darum gebeten.«

Er brachte sich mit einem schnellen Sprung zur Seite in Sicherheit, gerade noch rechtzeitig, ehe ein Blumentopf, der als Willkommensgruß auf dem Tisch gestanden hatte, aus der Tür auf die Straße flog und krachend zerschellte.

»Das kann ja heiter werden!«, rief er, erleichtert, dass ihn das Geschoss um Haaresbreite verfehlt hatte. »Wenn du dich beruhigt hast, empfehle ich dir das Essen aus der Kantine. Heute gibt es Fischsuppe und anschließend dein Leibgericht ... die Dobostorte.«

»Lass mich in Ruhe, du alter Gnom!« Die Tür flog krachend ins Schloss. Als Gabriel zum Portal zurückging, hörte er Luzifers Ruf. Er grinste. »Der Nächste bitte«

Die Ereignisse der letzten Stunden waren zu viel für Marika. Sie fühlte sich so müde und ausgelaugt. Mit einem tiefen Seufzer ließ sie sich auf das Bett fallen. Im selben Moment war sie eingeschlafen.

•

Mit bleiernen Schritten trug Martón die große Tasche zur Hütte, öffnete das Vorhängeschloss und trat ein. Schwer atmend ließ er sich auf der Eckbank nieder. Sein Puls pochte bis zum Hals. Es machte ihn nervös. Umständlich kramte er nach Zigaretten in der Jacke. »Jetzt hat die liebe Seele ihre Ruhe! Kein Gekeife mehr, kein Genörgel und keine klappernden Absätze! Keine Marika mehr, die für jeden dahergelaufenen Bastard mehr übrig hatte als für mich. Eine Prise und fertig! Ich hätte nicht gedacht, dass das so endet.«

Es war kein Traum: Nach fünfundzwanzig Jahren hatte er die Nase voll von ihren Vorwürfen, weil das Geld knapper wurde und sie sich in ihrer Abgeschiedenheit auf der Csárda verlassen fühlte. Er hatte ihre Avancen mit den wenigen Gästen satt, die auf ein Bier oder ein Essen kamen. Und nicht zuletzt waren sie sich fremd geworden. Da hatte er seine Frau eiskalt abserviert! Beim Candlelight-Dinner zum Hochzeitstag. Lange zuvor hatte er das Gift besorgt und heimlich seine Sachen in eine Kiste getan, die im Schuppen stand. Gestern hatte er alles ins Auto gepackt und das Essen vorbereitet. Die Flasche Wein für diesen besonderen Anlass hatte er sich auch was kosten lassen. Er wusste, sie würde ihm nicht widerstehen können. »Ich hatte keine andere Wahl!«, meinte er zu dem Heiligenbild über der Essecke. Die Augen der Maria starrten ihn unverwandt an. »Sie hat nicht so lange leiden müssen wie ich.« Energisch drückte er die halb gerauchte Zigarette im Aschenbecher aus.

Von seiner Csárda bis hier her waren es ein paar Stunden Fahrt gewesen, um Spuren zu verwischen, hatte er einen großen Bogen fahren müssen. Durch die lange Sitzerei hinterm Steuer waren die Schmerzen im Bein und im Rücken wiedergekommen. »Hätten dortbleiben sollen, die Teufel!«, fluchte er.

Wenn er die Kiste mit den Vorräten aus dem Auto und Feuerholz reingeholt hatte, würde er es sich gemütlich machen und sein neues Leben beginnen.

Mit einem argwöhnischen Seitenblick in den Wald nahm er sein Gewehr vom Rücksitz. Wer weiß, was sich hier für Gesindel rumtreibt, dachte er. Aber alles war ruhig, so schnell würde ihn hier niemand behelligen.

Dieser Wald gehörte ihm – zumindest ein Stück davon. Er konnte sogar Feuer machen, ohne dass es jemand bemerkte.

Wenig später saß Martón mit einem Becher Kaffee auf der Bank unterm Fenster vor der Hütte. Er blinzelte in die Sonne, die gerade über die Wipfel kam. Ihr Licht gleißte und ließ den Nachtreif aufblitzen. Stille umfing ihn. »Wie ein Leichentuch«, entfuhr es ihm.

»Darf ich mich zu dir setzen?«

Martón blickte unversehens in ein wettergegerbtes Gesicht, aus dem ihn dunkle Augen unter wirren braunen Haaren freundlich ansahen. Seine derbe Kleidung erinnerte an einen Holzfäller oder Taglöhner. Einen großen Rucksack hatte er neben sich abgestellt.
»Ich möchte mich eine Weile ausruhen.«
Verdutzt betrachtete er den Kerl. Wo kam der her? Was wollte er? »Zieh deiner Wege!«
Doch der Mann setzte sich einfach zu ihm auf die Bank. »Hast du für mich auch einen Kaffee?«
»Sonst noch Wünsche, der Herr?«, antwortete Martón schroff. »Dann machst du aber, dass du weiterkommst! Wie heißt du?«
»Istvan. Und wer bist du?« Der Mann griff einen Tabaksbeutel und ein Pfeifchen aus der Jacke.
»Ich bin Martón und das hier, das ist meine Hütte. Mit Zucker?«
»Schwarz, bitte.«
Martón stand mühsam auf, ein fieser Stich im Rücken schnitt ihm die Luft ab. Schöner Mist! Solange er nichts von mir weiß, habe ich nichts zu befürchten. Soll er seinen Kaffee austrinken und sich wieder schleichen!
In der Hütte stolperte er fast über die Tasche, er hatte sie ganz vergessen. Es reicht! Genervt nahm er einen Becher vom Regal über der Spüle, füllte ihn aus der kleinen Kanne, die auf dem Herd stand, und trat hinaus.
»Schwarz wie die Hölle.«
»So mag ich ihn.« Istvan nahm einen

Schluck. »Was treibt dich in diese Gegend?«
»Ich will allein sein.«
»Hast du Frau und Kinder?«
»Kinder habe ich keine. Leider.« Und eine Frau auch nicht mehr! Martón schoss das Blut in den Kopf. Was will dieser Kerl von mir? Sollte das ein Verhör werden? Ratlos spielte er mit seinem Kaffeebecher, während er seinem Blick auswich. »Ich habe keine Frau.«
»Na dann.« Istvan lehnte sich zurück und blinzelte nachdenklich in die Sonne. »Du siehst nicht glücklich aus. Dabei hast du alles. Eine warme Hütte, Kaffee und das Wetter ist auch gut.«
»Ich bin dir keine Rechenschaft schuldig.«
»Lassen wir das«, winkte Istvan ab. »Hast du noch einen Kaffee?«
Martón nahm die beiden Becher. »Wenn du willst, kannst du dich derweil nützlich machen. Es ist noch Holz zu spalten. Lohn kann ich dir nicht geben, aber eine warme Suppe.«
»Ich bleibe nicht gern was schuldig, Martón.« Istvan legte seine Pfeife beiseite und griff eine riesige Axt aus seinem Rucksack. Istvan zwinkerte mit den Augen.
Hat sich die Farbe nicht gerade verändert? Martón schüttelte den Kopf. Nein, das kann nicht sein. Das hatte er sich eingebildet! Ganz geheuer war ihm sein Besucher nicht. Was soll es, dachte Martón, während er vom Küchenfenster aus zusah, wie ein Hieb aus dicken Stämmen Kleinholz machte. Eine Hand wäscht

die andere. Er stellte den Kessel mit der Suppe auf den Ofen und legte noch ein paar Scheite nach.

Mit gefüllten Bechern trat er vor die Hütte.

»Wenn man dir zuschaut, wird einem angst und bange!«

»Man weiß nie, was kommt.« Istvan sah ihn mit einem befremdlichen Blick an, dass sich auf Martóns Stirn Schweißtropfen bildeten.

»Was weißt du! Ich habe mein Leben und du hast deines.« Unruhig rieb er sich die Hände.

»Und Marika? Was hat sie?«

Hart ließ Istvan die Axt in den Stamm fahren, dass die Scheite meterweit flogen. Martón schnappte hörbar nach Luft, ehe er aufsprang.

»Was soll das? Wie kommst du darauf? Woher kennst du ...?«

»Aha!« Istvan legte noch ein Holz auf den Hackstock. Die Axt sauste kraftvoll in den Klotz. Dann stellte er sie in aller Ruhe beiseite. In seiner Miene lag Diabolisches.

»Du hast deine Frau vergiftet und bist hierher geflüchtet. Das ist los. Und nun?«

Martón fühlte sich wie vor den Kopf geschlagen, er taumelte auf die Bank zurück. »Was redest du? Wer bist du, mich so zu ... zu ...«

Er ballte seine Hände zu Fäusten.

Istvan legte ihm eine Hand auf die Schulter. »Du wirst dich stellen müssen. Früher oder später.«

Martón schüttelte die Hand ab, hinter seiner Stirn kreisten die Gedanken. Er runzelte die Stirn. »Das wäre ... Nein, das geht auf keinen Fall!«

Istvan setzte sich Martón gegenüber. »Du kannst dich nicht ewig verstecken oder vor dir davonlaufen. Marika wird immer bei dir sein.«

»Du Klugschwätzer!«, entgegnete Márton aufgebracht. Er steckte sich mit zitternden Händen eine Zigarette an.

»Ich habe das doch nicht umsonst gemacht!« »Marika war temperamentvoll und nicht auf den Kopf gefallen, aber auch eine kleine Hexe. Trotzdem hält sich mein Verständnis für dich in Grenzen. Du hättest einfach gehen können.«

»Es war meine Csárda! Mein Baby!« Martón schlug mit der Faust hart auf den Tisch. »Zuerst haben wir gutes Geld gemacht. Mit der Krise lief bei uns nicht mehr viel. Und im Bett? Na ja, da hatte sie in der Stadt bessere Liebhaber gefunden.«

»Und das ist alles ihre Schuld?« Istvans Augen blickten ihn stirnrunzelnd an. »Jetzt hast du zwar Ruhe vor ihr, aber nicht vor dir selbst.«

»Ich habe Fehler gemacht, klar, aber ...« Martón blickte gedankenvoll in den Wald. Es wunderte ihn, dass er mit dem Fremden so offen sprach, aber er war froh, seinen Gedanken Luft zu verschaffen.

Istvan schien interessiert an ihm. Das machte es leichter, sich alles von der Seele zu reden. »Sie brachte mich mit ihrer Unzufriedenheit zur Weißglut. Sie war enttäuscht – von mir, von unserem Leben. Die Zeiten sind schlecht, es kommt kaum einer vorbei und die großen Feste sind Jahre her. Und nicht zuletzt

– sie ist abgehauen! Immer wieder. Ich will nicht wissen, was sie alles in der Stadt getrieben hat und mit wem? Sie ist mir fremdgegangen, hat sich in der Stadt vergnügt, während alles andere an mir hängen blieb.«
»Das ist noch lange kein Grund, sie umzubringen, mein Freund.« Istvan legte seine Hand auf Martóns. »Du hättest mit ihr reden sollen, wie früher.«
»Mag sein.« Martón lehnte sich zurück. »Vorbei, ich muss jetzt nach vorn schauen.«
Istvan zog an der Pfeife und blies den Rauch in die Luft. »Du entkommst mir nicht!«
»Was willst du damit sagen?«, fragte Martón erschrocken. »Wer bist du?«
»Ich bin Istvan, der Holzfäller. Das muss dir genügen.« Er erhob sich. »Ich muss mal austreten.«
Martón sah ihm nach. Was sollte das alles? Was wollte dieser Kerl von ihm? Er kam aus dem Nichts da her, zwang ihm ein Gespräch auf und – vor allem – er wusste viel zu viel! Dazu war es ihm unbegreiflich, dass er so offen mit einem Fremden redete. »Ich werde auf der Hut sein müssen. Oder ich muss ...« Er traute sich kaum, den Gedanken zu Ende zu bringen. Doch er konnte sich nicht davon lösen. Er musste einen Weg finden, diesen Istvan zu beseitigen! Wenn der zu viel redete, konnte es für ihn hier im Wald zu gefährlich werden. Und sie würden kommen, um ihn zu holen. Wenn er ihm eine Ladung Schrot verpasste? Und wenn jemand den Schuss hört?

Zu blöd! Der Duft der Suppe zog zu ihm her. Das ist die Gelegenheit! Damit wäre sein Problem aus der Welt geschafft. Beflügelt von diesem Gedanken trat er in die Hütte. Die Suppe köchelte leise vor sich hin. Martón probierte, sie war gut. Dann griff er in die große Tasche, die noch neben der Eckbank stand. Das kleine Fläschchen wog schwer in seinen Händen. Damit mache ich dem Ganzen ein Ende!

In Istvans Teller ließ er eine ganze Reihe Tropfen aus der Flasche fallen. Das sollte reichen. »Du entkommst mir nicht!«, äffte er Istvan nach. Mit Nachdruck verschloss er das Fläschchen und ließ es in die Tasche zurückgleiten. Und du mir auch nicht!

Istvan saß zufrieden lächelnd auf der Bank. »Ein herrlicher Tag, für mich. Das Wetter ist schön und ich habe zu essen. Danke, Martón.«

»Ja, das Wetter ist gut.« Martón bemühte sich um einen gleichgültigen Ton. Er stellte ihm den Teller hin und setzte sich. »Guten Appetit, Istvan.«

Schweigend aßen sie ihre Suppe. Martón blickte nervös zu dem Holzfäller. Habe ich zu wenig von den Tropfen genommen? Der Kerl ist nicht totzukriegen! Hitze kroch den Hals empor. Seine Hände zitterten. Er hatte nicht etwa doch die Teller vertauscht! Nein, ganz sicher nicht.

»Du bist so schweigsam, Martón. Ist was?« Istvan lehnte sich zurück. Sein Teller war leer. »Übrigens, deine Suppe war vorzüglich.«

»Danke«, brachte er heraus. »Ich dachte ...«
»Was? Dass mich deine Suppe kaltmacht wie Marika! Da kennst du mich aber schlecht.«
»Wieso ...?« Sein Löffel fiel klirrend in den Teller.
»Ich habe dir gesagt, ich heiße Istvan, stimmt's? Das ist die halbe Wahrheit«, fuhr der Holzfäller fort. »Mein Name ist Istvan Luzifer.«
»Dann bist du ...?« Martón verschlug es die Sprache. Seine Hände zitterten und ihm kroch die Angst in den Nacken.
»Richtig. Der Tod. Oder der Sensenmann, ganz wie du willst.«
Martón sackte in sich zusammen. »Und was willst du von mir?«
»Ich habe alles, was ich wollte.« Der Tod erhob sich und zeigte seine strahlend weißen Zähne, in seinen Augen blitzte es. Er nahm seinen Rucksack auf.
»Du hast gesagt, du hättest keine Wahl gehabt. Das mag stimmen. Ich auch nicht. Einen schönen Tag noch, Márton. Bis später.« Der Tod wandte sich ab und ging mit großen Schritten auf den Waldrand zu.

•

Marika erinnerte sich, dass sie wie von außen auf sich herabgeblickt hatte. Ihr Körper lag vornüber in dem Suppenteller und sie sah, wie Martón das Haus verließ und mit dem Auto in der Dunkelheit verschwand. Dann schien ihr, dass sie sich immer weiter entfernte, bis sie die Csárda nur noch als einen kleinen hellen Punkt in der Finsternis wahrnahm. Sie fühlte sich so leicht und getragen, dass sie schläfrig wurde.

Erst vor dem großen Tor kehrte ihre Erinnerung zurück. Unzählige Menschen warteten auf ihren Aufruf. Immer wieder öffnete sich eine kleine Tür an der Seite und ließ den nächsten ein.

Mit jedem Augenblick, den sie auf ihren Aufruf wartete, kroch die Wut und die Trauer in ihr hoch. Sie erinnerte sich all der Zeit mit Martón. Am Anfang hatte sie nie an ihrer Liebe gezweifelt!

Seine Eifersucht hatte aber viel zerstört, mehr noch als die Einsamkeit und die Armut, die ihre Jahre auf der Csárda begleiteten. Sie hat nur etwas Freude im Leben haben wollen, etwas, das ihren tristen Alltag erträglich gemacht hätte.

Und dann das! Fünfundzwanzig Jahre, die mit einem festlichen Abendessen endeten. Nie hätte sie gedacht, dass ihr früher so friedfertiger Martón je zu so etwas fähig gewesen wäre! Nie hätte sie geglaubt, dass ihr Leben einmal so endete – mit dem Gesicht in einem Teller Suppe!

Sie fühlte sich so gut wie schon lange nicht mehr, als sie wieder erwachte. Ihr Herz pochte gleichmäßig und der Blick in den Spiegel neben dem Schrank ließ sie zufrieden sein.

Sie sah gut aus, befand sie und nickte ihrem Konterfei lächelnd zu.

»Hallo, Marika!« In der Tür stand ein junger Mann, der sie offen ansah. Er lächelte.
»Was? Wie?« Marika starrte ihn an. »Bist du das etwa? Istvan?«
»Ja, Marika.« Istvan trat lächelnd auf sie zu. »Ich darf dein Engel sein. Ich zeige dir alles. Komm. Es ist Zeit.«
»Nach all den Jahren! Istvan! Was ist aus dir geworden?«
»Nun, Marika, es ist nicht alles Gold, was glänzt. Ich hatte damals in der Wendezeit Glück mit meinen Geschäften. Mir ging es gut, exorbitant gut sogar. Ich verdiente sehr gut an den Hamsterkäufen. Ich stand an vorderster Front.«
»Und was geschah dann?«, fragte Marika. Sie ahnte, dass es wohl nicht gut für Istvan ausgegangen war.
»Ich verspekulierte mich – und verlor alles, fast über Nacht!« Istvan sah schuldbewusst zu Boden, er schämte sich vor Marika. »Das hatte ich von meiner Gier! Das war mein Ende. Ich jagte mir eine Kugel in den Kopf, bevor man mich am nächstbesten Galgen aufhängen konnte.«
»Das ist ja schrecklich!« Ihr Gesicht wurde ernst. Sie fragte sich, was wohl aus ihr geworden wäre, wäre sie damals mit Istvan gegangen und nicht mit Martón. Etwas in ihr sagte, dass das Leben doch nicht so schlecht gewesen war. »Dann zeig mir mal mein neues Leben.« Sie hakte sich bei ihm ein. »Vielleicht finde ich ja Geschmack daran.«

»Was die Küche angeht, könnten sie einen besseren Koch gut brauchen. Aber es ist genießbar.«

»Martón hat anfangs gekocht wie ein junger Gott. Nur später verlor er die Lust daran. Das Geld war knapp, es kam kaum einer zu uns raus und nicht zuletzt war einfach zu wenig los. Auch zwischen uns. Für Kinder hat es nicht gereicht, leider. Die hätten vielleicht ... Das war auch der Grund, warum ich immer wieder weg bin. Ich brauchte das andere Leben, die Freude und das Freie. Zurückgekehrt bin ich immer, mit neuer Energie und neuer Liebe.«

»Dann warst du gar nicht die Hexe, für die dich alle immer gehalten haben?«

»Nein, Istvan. Ich war es nur satt, immer für alles herhalten zu müssen, ohne dass für mich etwas dabei heraussprang. Ich hatte nichts davon. Und ich konnte nicht aus meiner Haut. Ich war schon als Kind impulsiv und freiheitsliebend. Das hat Martón anfangs ja auch so sehr angezogen. Doch später ging ihm das nur noch auf die Nerven. Er hatte nur Augen für seine Hühner und Schweine. Ich fand einfach nicht mehr statt, verstehst du? Und dazu seine grundlose Eifersucht! Sie hat es kaputtgemacht!«

»Lassen wir das, ich bin nicht dein Beichtvater. Schließlich könnte ich heute dein Sohn sein.« Istvan lachte. »Vielleicht bekommst du deine Chance. Was Martón getan hat, wird Folgen haben. So oder so. Dir bleibt nur, es anzunehmen, dein Schicksal und dein Jetzt.

Komm, Marika, es ist angerichtet.«
»Was passiert eigentlich hier?«
»Nun, der Herr entscheidet, was aus uns wird. Und dann bekommst du auch deine Flügel. Weiß oder schwarz.«
Erst jetzt bemerkte Marika, dass Istvan zwei kleine schwarze Flügel an seinem Gewand hatte. Bei anderen sah sie Flügel in allen Schattierungen und Größen. Er hielt ihr die Tür zur Kantine auf und ließ sie eintreten.
»Das ist je nachdem ...«
»Ach so.«
Später saß sie allein in ihrem Zimmer. Ihr schwirrte der Kopf. Das Wiedersehen mit Istvan nach all den Jahren hatte sie aufgewühlt. Das Gespräch mit ihm war nicht ohne Folgen geblieben. Der Zorn auf Martón war einem Gefühl des Bedauerns gewichen. Sie bedauerte, nicht früher erkannt zu haben, was Martón wirklich brauchte, um glücklich zu sein. Sein Glück wäre ihre Freude gewesen. Und er hätte ihr bestimmt mehr Verständnis entgegengebracht.
»Vorbei, Marika, es ist vorbei.«

Es war noch dunkel, als es an ihrer Tür klopfte. Gabriel stand mit einer Leuchte in der Hand da. »Komm, der Herr hat einen Auftrag.«
»Was denn, Gabriel? Um diese Zeit?«
»Hier gelten keine Zeiten. Komm.« Er reichte ihr eine Tasche und eine braune Kutte. »Sie hält dich warm. Bring ihm die Tasche. Du findest ihn leicht. Dein Geleit wartet.«

»Ja, ich weiß, er ist sicher in seiner Hütte.« Marika nahm die Tasche und ließ sich in der Kutsche mit vier Pferden nieder, die am Eingang stand. Hinter ihr schloss sich das Tor.

•

Martón starrte verstört auf den Waldrand. Aber da war nichts mehr, keine Bewegung, kein Laut. Ihm fiel ein Stein vom Herzen. Er blickte fassungslos der groß gewachsenen Gestalt nach. Die dunkle Silhouette verschluckte der Wald. Das gerade Erlebte ließ sein Blut in den Adern gefrieren, dass er fröstelte, obwohl die hochstehende Sonne den Schweiß auf die Stirn trieb. Den bin ich los!
Ja gut, er hatte Marika auf dem Gewissen! Sie hatte es verdient, die Hexe! Er war gnädig gewesen und hatte ihr kein Haar gekrümmt. Er hatte sie mit ein paar Tropfen still und schmerzfrei ins Jenseits befördert! Ihr Kopf war sang- und klanglos vornüber in den Teller gekippt. Das war's.
Wie sagte dieser Istvan noch? »Du entkommst mir nicht!« Er musste nachdenken. Waren das Hirngespinste, die einen überkommen, wenn man allein mit sich und seinen Gedanken war? Wie viel Zeit blieb ihm noch? Und wofür? Er hatte das Gefühl, die letzten vierundzwanzig Stunden waren ein Traum gewesen, ein einziger Albtraum. Oder war das jetzt ein Traum? Dann aber ein ganz blöder! Er brauchte einen Kaffee, um den faden

Geschmack im Mund loszuwerden. Als er wieder aus der Hütte trat, war die Lichtung totenstill. Wo zuvor noch Vogelgezwitscher und Laubrascheln vom Wind in den Wipfeln zu hören war, war jetzt nichts mehr! Verwundert scharrte er mit den Füßen im Kies. Nichts! Selbst das Abstellen der Kaffeetasse auf den Tisch vor der Hütte verlief ohne jedes Geräusch. Sprachlos hob er sie an und ließ sie hart auf die Platte fallen. Nichts!

Sein Seufzer verhallte tonlos, sein Herz hämmerte unentwegt, lautlos. Er sah die Bewegung der Blätter in den Bäumen und Äste sich im Wind wiegen. Doch kein Laut war zu hören, als wäre der Fernseher auf lautlos geschaltet.

Er setzte sich auf die Bank und umklammerte die Tasse. Der Schweiß rann ihm in die Augen. Er blinzelte. Seine Rechte trommelte nervös auf die Tischplatte. Er sah auf seine Hand, aber er spürte sie nicht! Er kniff sich ... Nichts! Was sollte das? Da stimmte doch was nicht!

Seit dieser Typ da gewesen war, war alles anders. Dabei hatte sich nichts verändert. Die kleine Hütte lag ruhig in der Sonne. Die Lichtung war das Idyll, das er kannte und wohin es ihn immer gezogen hatte, wenn er seine Ruhe haben wollte. Jetzt überkam ihn eine unerklärliche Unruhe! Vielleicht sollte er sich beschäftigen! Er könnte das Holz schlichten, dass Istvan gehackt hatte.

Er erhob sich ... Nein, er wollte sich erheben, doch er klebte auf der Bank fest! Verdammt und zugenäht, was sollte das? Verwundert rieb er sich die Augen. Als sein Blick über die Lichtung ging, erkannte er eine Gestalt, die langsamen Schrittes auf ihn zu kam. Gekleidet war sie in eine braune Kutte, die Kapuze tief ins Gesicht gezogen. Ihm stockte der Atem! Der Gang kam ihm bekannt vor. Marika! Wortlos schob sie die Kapuze in den Nacken. Das feuerrote Haar war wie gewohnt gestylt, sie lächelte gequält. »Martón, ich habe dir etwas mitgebracht.« Sie überreichte ihm einen Zettel und kramte in dem Beutel, aus dem sie eine Plastikdose und einen Kerzenhalter mit einem Stumpen darin hervorholte. »Dein Candlelight-Dinner«.

Sprachlos starrte er von ihr zum Zettel. Ihm blieb jedes Wort im Halse stecken. Er las: »Guten Appetit, Istvan Luzifer.«

Als sie wenig später bei ihrer Rückkehr die Kutte auszog, lastete etwas auf ihren Schultern. Sie ging zum Spiegel. Zwei kleine Flügelchen flatterten an ihrem Gewand. »Weiß«, flüsterte sie. »Trotz allem.«

In ihren Händen hielt sie die Harfe, die sie sich immer gewünscht hatte. »Nicht einmal dazu hat gereicht, was die Csárda hergab! Dabei hatte er sie mir immer versprochen! Nun denn, dann eben jetzt!«

Sie ließ ihre Finger über die Saiten gleiten. Die Musik füllte den Raum, der fortan ihr Zuhause sein sollte. Sie lächelte. »Hat doch ein Gutes gehabt. Die Suppe.«

Wilde Puszta
Viktors neues Leben

Die Wiesen und Felder reichten bis zum Horizont. Ein Bachlauf gluckerte friedlich dahin und teilte die Welt in hüben und drüben. Wenn es im Frühjahr viel geregnet hatte, wuchs saftiges Gras bis in den Herbst. Mais und Weizen formten riesige Rechtecke in die Landschaft, dass man meinte, sie endeten nie.
Mitten in dieser Weite stand ein weiß getünchtes Haus mit Reetdach. Eine Handvoll Akazien und einer Fichte bargen es vor dem Wind. Eine Küche, in der ein Holzherd für wohlige Wärme sorgte, eine Schlafkammer, eine Stube und ein Bad. Davor stand ein Ziehbrunnen, dessen hoher Ausleger rauf und runter wippte, wenn man den Eimer herabließ. In einem Schuppen lagerte das Feuerholz und im Stall hatten ein paar Schafe früher ihr Quartier gehabt.
Genauso hatte Viktor sich das vorgestellt. Seine Zukunft weit entfernt von den Ereignissen der letzten Zeit und nicht zuletzt von sich und seinem Namen. Er hatte seine Kontakte genutzt und sich auf das Anwesen mitten in der Puszta geflüchtet. Das Land drum herum gehörte ihm; es wurde von einem Bauern in der Nähe bewirtschaftet.
Er hatte sich ohne ein Wort aus dem Staub gemacht. Darin blieben die Verantwortung für

das Scheitern der gemeinsamen Sache, sein politisches Kalkül und seine Skrupel zurück. Er wollte vergessen, was ihn hergeführt hatte.

Er saß auf der Bank vor dem Haus und blinzelte in den Sonnenuntergang. In der Hand hielt er ein Glas Weinbrand aus seinem reichhaltigen Sortiment. Das Gute bewahre, das Schlechte vergrabe, hatte sein Großvater gesagt. ›Da ist was Wahres dran.‹ Er hätte jeden für verrückt erklärt, der prophezeit hätte, dass er eines Tages mitten im Nichts aus einem Wasserglas sündhaft teuren Weinbrand trinken würde.

Die Hitze des Tages drückte. Dunkle Wolken am Horizont kündigten Abkühlung an. Die untergehende Sonne tauchte die Landschaft in ein rötlich schimmerndes Licht, das unwirklich schien.

Er ging hinein und schaltete die Lampe über dem Küchentisch in der Ecke an. Der Lichtschein erhellte auch den Platz vor dem Fenster. Es war ihm zur Gewohnheit geworden, an schönen Abenden draußen zu sitzen und nachzudenken. Über die Zeit, die in ihm gleichermaßen Ekel und Scham schürte. Ekel vor sich und seinen politischen Freunden, die wie er an ihren eigenen Vorteil dachten. Es war egal, ob jemand zu Schaden kam oder alles mit rechten Dingen zuging. Er schämte sich, weil er keinen Deut besser war. Er leerte sein Glas und ging hinein.

Früher hätte er einen Tisch in einem Restaurant bestellt oder den Koch seiner Lieblingspizzeria angerufen. Der hätte den Lehrjungen mit einer Pizza geschickt. Diese Zeiten sind vorbei; ich beklage mich nicht. Ich habe es so gewollt, erkannte er. Nur manchmal befiel ihn Lust auf die Früchte seines alten Lebens, wie er es nannte. Mit einer Schüssel Suppe setzte er sich auf seine Bank. Er hatte noch keinen Schritt in die Stadt getan. Einzig ins nächste Dorf fuhr er ab und zu einkaufen. Niemand störte sich dort an ihm. Das war für ihn das größte Geschenk und mehr wert als jeder Luxus, den er sich zuvor hatte kaufen können.

»Das hat heute nicht geregnet«, sprach er halblaut. Die Stille der Natur und die menschliche Einsamkeit, sosehr er sie gesucht hatte, bedrückten ihn ab und zu. Dann sprach er mit den Möbeln oder seinem Spiegelbild über der Spüle.

•

Lautes Prasseln, Blitz und Donner weckten ihn. Er hörte die Haustür zuschlagen und Schritte. »Ist da wer?« Er war mit einem Male hellwach und schlüpfte in die Hose.

»Verzeih, mein Sohn. Ich habe Schutz gesucht vor dem Unwetter.« Ein in eine Kutte gekleideter Mönch kam in der Küche auf ihn zu. »Ich hoffe, ich habe dich nicht erschreckt.«

»Wie, bitte, nein«, stammelte Viktor. »Wo kommen Sie her, Vater?«

»Ich bin auf der Suche.« Er öffnete seine

Kutte, die eine Pfütze auf dem Boden hinterließ. »Kann ich hier das Unwetter abwarten?«
»Gerne, Vater. Setzen Sie sich.« Er schaute zur Küchenuhr, fünf nach fünf. »Möchten Sie einen Kaffee oder einen Tee?«
»Ein Kaffee, wenn es keine Umstände macht.« Der Mönch saß am Tisch und rieb die Hände. »So warm es gestern war, mit dem Regen zieht die Kälte herauf. Ohne Regen keine Ernte. Wie heiß du, mein Sohn?«
Das hatte noch gefehlt! Wenn er seinen Namen sagte, wären Fragen unausweichlich. Log er, käme er in Konflikt. Es kam auf dasselbe heraus. »Viktor.«
»Gut, dass du es mit der Wahrheit hältst, Viktor.«
»Dann brauche ich Ihnen nichts erzählen, stimmt's?«
Sie saßen am Tisch beim Kaffee gegenüber und Viktor betrachtete den Mönch eingehender. Der Lichtschein zeichnete die Konturen des faltigen Gesichts deutlicher. Klare Augen steckten in ihren Höhlen, und die Nase trug eine Brille, die Viktor erst jetzt bemerkte. Um den Mund hatten sich die gleichen feinen Fältchen eingegraben wie um die Augen. Die Hände waren früher feingliedrig und schön gewesen. »Wo kommen Sie her, Vater?«
»Ich bin aus einem Kloster im Norden. Dort habe ich dich gesehen. Du warst da, wie die Unruhen waren.«
»Ich erinnere mich. Eine schreckliche Sache.«
Viktor lehnte sich zurück. An das Desaster

erinnerte er sich zu gut. Auch, dass dort ein Kloster in der Nähe gewesen war. Ihm war nicht wohl, dass der Alte darauf zu sprechen kam. Sie waren der Auslöser für seine Flucht gewesen, zumindest zum Teil. Das Andere waren die Kontenprüfungen bei der Partei gewesen, bei denen Unregelmäßigkeiten aufgefallen waren. Und manch andere Geschichte, über die er jetzt nicht nachdenken konnte und wollte.

»Mein Sohn«, fuhr der Mönch unbeeindruckt fort. »Du hast viel falsch gemacht und manches richtig. Bei den Unruhen hättest du dir ein Denkmal setzen können, wenn du Rückgrat bewiesen und die Farce beendet hättest. Die Umsiedlung der Öffentlichkeit als Urlaubsreise zu verkaufen, das war ein Husarenstück. Das war Unrecht, was dort passiert ist, und du weißt es.«

Viktor fiel dem Mönch ins Wort. »Wenn ich das offengelegt hätte, hätten alle aufgeschrien und gesagt, ich wäre nicht anders wie ...«

»Die Nazis, wolltest du sagen, stimmt's?« Der Mönch ließ seine Faust hart auf den Tisch fallen; Zornesröte flammte in seinem Gesicht auf. »Es ist immer dasselbe. Was nicht passt, wird passend gemacht. Was nicht der Norm entspricht, wird entsorgt. Was dem eigenen Machtstreben im Weg ist, wird ohne Rechtfertigung ins Gefängnis gesteckt, damit Ruhe ist. Was heute versprochen ist, wird morgen widerrufen. Wer nicht ins Bild passt, wird gelöscht. Soll ich noch mehr aufzählen, mein Sohn?«

Viktor war wie vor den Kopf geschlagen und stammelte: »Vater, Sie missverstehen meine Gastfreundschaft. Sie gehen jetzt besser. Es hat aufgehört zu regnen.«

»Viktor.« Beschwichtigend legte der Mönch seine Hand auf die seine. »Ich möchte, dass du zu Verstand kommst und deine Verantwortung übernimmst.«

»Das kann und will ich nicht. Ich bin jetzt hier und bleibe, egal was da draußen los ist. Niemand kann mich zwingen, mich zu stellen. Dann könnte ich ...«, er stockte.

Hier hatte er sein bescheidenes Glück gefunden; er hatte alles, was er brauchte.

»Ach, Viktor hebt sich über das Gesetz und keiner kann ihm was?« Der Mönch war aufgestanden und sah zornig auf ihn herab. »Viktor!«

»Ich konnte nicht anders handeln«, wendete Viktor ein. »Die Partei erwartete das von mir. Ich konnte nichts machen, ich musste handeln.«

Der Mönch ging zur Tür. »Du wirst eine Weile nachdenken müssen. Nutze deine Zeit zur Schafzucht, die Weiden sind gut.«

Er sah Viktor aufmunternd an, und sein Gesicht strahlte im ersten Morgenlicht. »Es hat aufgehört zu regnen. Ich habe einen weiten Weg. Auf Wiedersehen, mein Sohn.«

»Auf Wiedersehen, Vater.«

Er sah dem alten Mann nach, der dem sandigen Weg am Bach entlang folgte. Die Sonne stand eine Handbreit über dem Horizont und die Gewitterwolken hatten einem strahlend blauen Himmel Platz gemacht. Der Bach war durch den Regen angeschwollen, das Wasser bahnte sich gewaltsam seinen Weg durch den Lauf. In ein paar Tagen wird er wieder friedlich dahinplätschern, dachte Viktor, wie mein Leben. Er goss einen Kaffee ein und setzte sich auf die Bank. Der Mönch würde bald am Horizont verschwunden sein.

Die Begegnung hatte ihn aufgewühlt. Er war hierher gekommen, um seine Ruhe zu haben und vergessen zu können. Es wäre nicht eskaliert, hätten sie sich widerstandslos mit den Bussen fortschaffen lassen. Sie hatten die Zeitung informiert, die Reporter dokumentierten das Geschehen. Er war untätig geblieben und hatte es geschehen lassen. Später hatte er die Hintergründe nach seinem Belieben ausgelegt. Er habe sie nicht aufhalten können. Sie waren das Bauernopfer.

Er sah eine Katze aus der Scheune kommen. Sie setzte sich unweit von ihm und putzte sich ausgiebig. »Wer bist du? Hast du Durst?« Viktor erhob sich und holte aus der Küche eine Schale Milch.

Die Katze sah ihm aufmerksam zu, wie er die Schüssel auf den Boden stellte. Viktor fühlte sich das erste Mal nicht allein. Im Radio durch das Küchenfenster hörte er: Manchmal bin ich traurig, wenn ich sehe, was wir tun, doch ich hoffe, gegen Hoffnung ist kein Menschenherz immun.

•

»Mach was aus dem Jetzt, das Vergangene kannst du nicht ändern«, meinte Antal und stellte sein Glas hart auf dem Tisch ab. Mit ernster Miene fuhr er fort: »Schau auf das, was kommt. Damit hast du genug zu tun.«

»Ich bin kein ›Niemand‹, kein Nichts.« Viktor verschränkte die Arme vor der Brust. Sein Gesicht verdunkelte sich verstimmt. »Schließlich bin ich ...«

»Gewesen«, fiel Antal ihm hart ins Wort. »Hier bist du Viktor – wie früher.«

Ähnliche Diskussionen hatten sie in den letzten Monaten oft geführt. Sie endeten meist mit der Erkenntnis, dass Viktors Entscheidungen seinen gesellschaftlichen Niedergang selbst verursacht hatten. Nach dem Studium war er in die Politik gegangen, doch auf dem Höhepunkt seiner Karriere folgte der Absturz. Ein einzelnes Stolpersteinchen, wie er es nannte, hatte ihn zu Fall gebracht. Wer zu viel will, kriegt am Ende einen Tritt in den Hintern, höhnten die einen. Vom Paulus zum Saulus, spöttelten andere. Weich gelandet war er auf dem ungeliebten Boden seiner Ahnen. »Hättest du halt etwas Anständiges gelernt!«, meinte er, seinen Vater rufen zu hören. »Der Umweg hatte trotzdem was«, wäre seine Antwort gewesen.

Letztlich war er froh, dem Pulverfass mit heiler Haut entkommen zu sein. Antal hatte ihm ein paar Schafe und Hühner überlassen. Ihn hatte es nie fortgezogen, er betrieb auf dem elterlichen Hof eine lohnende Schafzucht, war lange Bürgermeister des Dorfes gewesen – und nicht zuletzt sein bester Freund. Viktor erhob sich und öffnete die Tür nach draußen. Sein Blick schweifte über den schwach erleuchteten Hof und er atmete tief die klare Nachtluft ein.

»Vielleicht hätte ich wirklich hierbleiben sollen. Die Luft ist besser«, murmelte er geistesabwesend.

Er spürte Antals Hand auf seinem Arm.

»Jeder geht seinen Weg, und manchmal muss man an den Ausgangspunkt zurückkehren, um festzustellen, dass der Abstecher nicht umsonst gewesen war.«

»Ich bin froh, über das eine wie das andere ... und zufrieden mit dem Jetzt.«

»Zufriedenheit ist die Summe aller Glücksmomente. Dir fehlt nur noch eine Frau für Tisch und ... du weißt schon.«

»Klar. Du Klugschwätzer. Früher hätte ein Püppchen fürs Bett gereicht, hier braucht es eine, die zuzupacken versteht. Aber woher nehmen?« Sie mussten beide lachen.

»Vielleicht kommt mal eine, die dein Herz – und das hier – will.«

»Das glaubst du doch selbst nicht. Wer soll sich hierher verirren – und bleiben mögen?«

•

»Feierabend!« Mit einem Teller Suppe und einem Glas Rotwein saß Viktor am Tisch in der kleinen Küche. So viel Arbeit der Hof und die Schafe machten, sein Leben taugte ihm. Er hatte nichts und niemanden nötig, er war sich selbst genug. »Mein kleines Paradies«, murmelte er, zufrieden an den Lehmofen gelehnt, dessen Wärme ihn schläfrig werden ließ. Im nächsten Augenblick fielen ihm die Augen zu.

Er blickte in das dunkle Augenpaar einer Taube mit gleißend weißem Gefieder. Sie saß geradewegs vor ihm, gurrte und wiegte den Kopf hin und her. »Da bist du ja, Viktor!«

»Wie kommst du hier herein? Was willst du von mir?« Er setzte belustigt hinzu: »So einen Besuch habe ich gerne!«

»Das werden wir noch sehen!«, antwortete die Taube.

Mit diesen Worten befand er sich in einer anderen Welt. Er sah ein kleines Bauernhaus mitten im Winter. »Schau, Viktor. Erkennst du es?«

Die Taube wies mit der Flügelspitze auf den winzigen mit liebevoll in bunte, glitzernde Papierchen gewickelten Bonbons geschmückten Weihnachtsbaum, unter dem ein Junge mit einem Holztraktor spielte. Auf dem verschlissenen Sofa saß sein Vater und schaute ihm beim Spielen zu, während die Mutter den Tisch abräumte.

»Danke, Vater. Das ist das schönste Weihnachtsgeschenk. Der alte Trecker sieht richtig schön aus, jetzt wo er neu angemalt und repariert ist.« Der Vater räusperte sich. »Zu mehr hat es dieses Mal nicht gereicht. Wenn ich wieder Arbeit habe, bekommst du den Anhänger. Versprochen.«

Da kam seine Mutter aus der engen Küche

und setzte sich zu ihnen auf das Sofa, nahm die Stricknadeln zur Hand und sah ihren Mann bekümmert an. Er hatte ihr ein paar Knäuel Wolle für eine neue Strickjacke versprochen. Nichts! Sie seufzte. »Die alte Jacke muss noch eine Weile halten.« Das Bild verschwand.

»Was soll das, du blöde ...?« Doch die Taube war weg.

»Hallo Viktor. Ich bin hier oben!«

Sein Blick blieb an einem über und über mit Glitzer und Glitter geschmückten Weihnachtsbaum hängen. Auf der Spitze saß eine graue Taube mit roten Schwanzspitzen. Sie sah mit eisgrauen Augen auf ihn herab. »Weißt du, wo wir hier sind?«

»Was sollen wir hier?«, fragte er verwirrt.

Es war das Gebäude, in dem er noch vor einem Jahr gerne ein und aus gegangen war, als er noch an der Spitze der Gesellschaft stand und Hof hielt wie ein König. Es wurde ausgelassen getanzt und gelacht. Da drehten sich alle wie auf ein Zeichen um: Er schritt gemessen in seiner Festtagsuniform die weite Treppe hinunter. Dieser Auftritt war sein Ding! Er hatte alles erreicht, was er wollte! Für ihn zählten die Freuden, die sein Leben angenehm machten. Vor einem meterhohen, über und über mit leuchtend goldenen Kugeln sowie Unmengen brennender Kerzen geschmückten Tannenbaum kam er zum Stehen. Die Gesellschaft applaudierte und ließ Hochrufe hören. Viktor quittierte dies mit selbstgefälliger

Herablassung – jeder Anwesende erhielt aus seinen Händen ein bangloses Geschenk.

»Verlogenes Pack!« Viktor hasste diese Buhlerei um seine Gunst, sie kostete ihn Nerven, andererseits sonnte er sich in seinem Ruhm.

»Na, wie gefällst du dir, Viktor?«

»Ach, geh mir nicht auf die Nerven! Das Theater habe ich hinter mir!« Viktor schlug mit der Hand zur Taube, aber er traf sie nicht. »Ich habe es jetzt gut. Ich habe meine Schafe und brauche auf niemanden Rücksicht nehmen – und keiner leckt mir die Füße für ein paar Vergünstigungen!«

Viktor spie in Richtung des Palastbaus. »Sollen sie verrecken, die Hurensöhne! Können wir jetzt gehen? Mir ist kalt.«

Sogleich verschwand das Bild.

»Komm, Viktor. Es ist Zeit.« Er rieb sich verwundert die Augen. Eine schwarze Taube mit bernsteinfarbenen Augen saß auf seinem Bettpfosten. »Na los, Viktor. Steh auf!«

»Was willst du von mir?«

»Wir sind noch nicht fertig. Ich will dir was zeigen.«

Viktor schlüpfte in seine Hosen und stopfte das Hemd hinein. »Was heißt, wir sind noch nicht fertig? Und wohin?«

»Das wirst du noch sehen. Es hat sich viel verändert«, meinte die Taube beiläufig.

Der Stall hatte wirklich schon bessere Zeiten erlebt und auch das Haus verfiel zusehends. Dann sah er eine gebeugte Gestalt kommen. Sie schlurfte mit schweren Schritten zum Stall

hinüber und öffnete das Gatter. Schafe, die längst hätten geschoren werden müssen, drängten auf die von einem verwitterten Zaun umgrenzte Weide. Der Alte wankte zurück ins Haus, sackte auf seinem Stuhl zusammen und sein Kopf fiel in den Teller Suppe.
»Was soll das? Wer ist das?«
»Das bist du – tot, einfach weg. Und niemanden interessiert es ...« Weiter kam die Taube nicht.
»Wieso?« Viktor war außer sich. Mit einer fahrigen Bewegung versuchte er, das Bild aus seinen Augen zu reiben. »Du könntest es ändern ...«
»Wie? Ist das alles eine Farce? Willst du mich auf den Arm nehmen?«
»Nein, Viktor. Wie könnte ich das, ich bin nur eine Taube.«
Im nächsten Moment war das Bild verschwunden und Viktor erwachte. Es war gerade Mitternacht vorbei, wie er mit einem Blick auf seine Uhr feststellte. Er fühlte sich wie gerädert und ihn fror entsetzlich. Müde erhob er sich. Er ging in die Küche und fachte das Feuer neu an. Da sah er eine schwarze Feder auf dem Tisch liegen. »Dann war das kein Traum, oder wie?«
Er spielte zittrig damit. Der Traum hatte ihn tief getroffen, und er war froh, dass es nur ein Traum gewesen war. Doch die Bilder ließen ihn nicht los. Von fern hörte er die Festglocken zur Mitternachtsmesse. Weihnachten! Nachdenklich setzte er sich und seine Gedanken kreis-

ten umher. Das Leben in der kleinen Welt seiner Eltern hatte ihn geprägt. Es war nicht seines, er hatte die Bescheidenheit seiner Kindheit gehasst und war in die Stadt geflohen, um zu studieren. Mit Ehrgeiz hatte er es bald nach oben geschafft. Leider hatte er auf dem Höhepunkt seiner Karriere einen kleinen Stolperstein übersehen. Im freien Fall war er über die »Leichen«, die seinen Weg säumten, von dem Podest gestürzt, auf das er sich erhoben hatte. Dass die Taube ihn gerade daran erinnern musste! »Du bleibst ein Bauernsohn, wenngleich mit Diplom«, hatte sein Vater ihm nachgerufen, als er damals sein Elternhaus verließ. »Damit kann ich die Wand tapezieren oder es im Ofen verfeuern!« Viktor fügte wehmütig hinzu: »Ich sollte es tun und wirklich ein neues Leben beginnen. Ich brauche das alles nicht mehr!«

Er griff den Bilderrahmen mit seinem Diplom, nahm es heraus und überließ es den Flammen. Obwohl es mitten in der Nacht war, holte er eine Flasche Wein hervor, füllte das Glas und prostete sich im Spiegel über der Spüle zu. »Frohe Weihnachten, Viktor!«

Er wollte sein Leben verändern, jetzt da er erkannt hatte, wie es enden könnte. In diesem Moment tönten die Kirchenglocken hell über die Felder und er meinte, ein Gurren am Fenster zu hören. »Die Sanduhr tickt, Viktor!«

•

Wenige Tage später schreckte er mitten in der Nacht hoch. Draußen toste ein Gewitter. Donnergrollen erschütterte die Erde und Regen prasselte ans Fenster. Die Fensterläden klapperten wild umher und der helle Schein der Blitze zuckte über seinem Bett. Hastig stieg er in seine Hose und lief zur Tür.

Ihm peitschte der Regen ins Gesicht und der Wind fegte laut durch die Kronen der Akazien, die seinen Hof vor dem immerwährenden Wind schützten.

Kater Kazimir hatte unter der Bank an der Hauswand Schutz gesucht, er flitzte an ihm vorbei ins Trockene.

»Das ist ein Wetter, nicht wahr?«

Da hörte er durch das Unwetter hindurch das Blöken der Schafe. Der Kater saß am warmen Ofen und putzte gleichgültig sein nasses Fell. »Na, toll, mein Freund. Und ich soll jetzt da allein hinaus, oder?«

Viktor zog sich Jacke und Stiefel an. Der Regen peitschte ihm ins Gesicht und nur mit Mühe öffnete sich die Stalltür gegen den Wind. Eines der Mutterschafe lag reglos im Stroh. »Du wirst doch nicht bei dem Wetter dein Kind kriegen wollen? Was soll ich jetzt tun?«, fragte er mit flatterndem Herzen. »Schöne Scheiße«, entfuhr es ihm.

Er rannte zurück ins Haus zum Telefon.

»Antal, du musst sofort kommen, ein Schaf will lammen«, rief er aufgeregt. »... Alles klar, mach ich. Ich warte auf dich.« Viktor setzte einen großen Topf Wasser auf den Ofen und legte Feuerholz nach. Die Holzscheite prasselten stumm gegen das Unwetter. Mit einer schnellen Handbewegung raffte er ein paar Tücher zusammen, die auf der Bank lagen.

»Frisch gewaschen und gebügelt, grad richtig für die werdende Mama.« Er sah sich um. »Ich glaube, ich habe nichts vergessen.«

Die Schafe standen mit angstvoll geweiteten Augen in der einen Ecke. Das Mutterschaf atmete hastig und krümmte sich in den Wehen.

Verunsichert, wie er war, kamen ihm die Rufe wie Hilfeschreie vor. Er strich dem Schaf über den Kopf: »Bald geht es dir besser.«

Da hörte er einen Wagen kommen. Das Licht der Scheinwerfer blieb vor dem Tor stehen. Antal war in Begleitung einer Frau. »Wo ist das Schaf?«, fragte sie.

»Hier« Mehr konnte Viktor nicht sagen.

»Eva weiß, was sie tut.« Antal kam auf ihn zu und sie beobachteten ihre geübten Handgriffe. Sie sah kurz zu Viktor auf.

»Hast du heißes Wasser und warme Tücher?« »Ja.« Viktor lief durch den immer noch prasselnden Regen ins Haus. Während er das Wasser in einen Eimer kippte, ging ihm Evas Blick nicht aus dem Kopf. »Das ist eine Frau!«, murmelte er. »Diese Augen! Und der Rest ist auch nicht zu verachten.« Mit schnellen Schritten lief er zurück in den Stall.

»Das ist gerade noch mal gut gegangen.« Antal nahm den Eimer und die Tücher entgegen.

»Die beiden sind da. Alle wohlauf.« Eva erhob sich gerade, sie lächelte müde. »Das war knapp. Viel länger hätten sie es nicht ausgehalten. Du hast Zwillinge bekommen. Herzlichen Glückwunsch. Wenn das kein gutes Omen ist!«

»Viktor.« Antal sah von Eva zu ihm. »Das ist Eva, meine Cousine. Ich hatte dir doch erzählt, dass ich Besuch aus der Stadt bekäme. Sie hat ein gutes Händchen bei schweren Geburten.«

»Dann habe ich wohl doppelt Glück gehabt.« Viktor lächelte verlegen. Er versuchte, sie nicht direkt anzusehen, ihm waren seine plötzlichen Gefühle peinlich. Was sollte sie von ihm denken, wenn er sie unverhohlen anstarrte?

»Nicht nur zwei gesunde Lämmer, sondern auch eine patente Hebamme. Danke, Eva. Was hätte ich ohne dich getan?«

»Na, Viktor«, lächelte sie. »Mein Cousin hätte das auch gekonnt. Aber ich habe wissen wollen, was ein so großer Mann hier allein in der Puszta macht.«

»Ich hoffe nicht, dass ich mich zum Deppen gemacht habe, weil ich nicht zurechtkam.« Er betrachtet erleichtert die beiden Lämmchen, die an den Zitzen der frisch entbundenen Mama hingen – eines weiß, das andere schwarz. Viktor hielt ihre Hand länger als nötig. Evas Blick rührte ihn. Er ließ sie los. »Durch deine Hilfe haben wir was zu feiern.«

Antal nahm den Eimer.

»Ein Glas von dem tollen Schnaps wäre jetzt grad recht.«

»Klar. Lasst uns ins Haus gehen. Eva, du trinkst sicher auch einen, oder?«

»Gerne, Viktor.« Sie nahm die Tücher. »Ich möchte wissen, wie du wohnst. Nach allem, was Antal über dich erzählt hat!«

»Was, wenn es dir nicht gefällt?« Viktor hielt ihr die Tür auf.

Eva berührte leicht seinen Arm. »Es fehlt das gewisse Etwas«, entfuhr es ihr. »Es ist recht nüchtern eingerichtet.«

Antal hatte auf der Eckbank Platz genommen und stellte drei Gläser und die Flasche auf den Tisch. »Eva, ich habe dich nicht mitgenommen, damit du Viktor schöne Augen machst. Es ging um die Schafe. Aber sei es drum ... Prost. Auf die Zwillinge und auf dich Viktor. Jetzt wird aus dir ein richtiger Schäfer.« Er leerte sein Glas und schaute fast väterlich zu seinem Freund. »Was ist, hat es dir die Sprache verschlagen?«

»Nein, ich bin im Moment nur durcheinander. Erst das Unwetter, dann das Schaf und ...« Weiter kam er nicht.

»Ich denke, diese Nacht wird uns allen in Erinnerung bleiben.« Antal schaute aus dem Fenster. »Das Gewitter hat endlich nachgelassen, deine Schafe sind wohlauf und du hast eine Aufgabe, die dich als Mann ausfüllt. Man braucht nicht viel zum Glück.«

»Da hast du recht, Antal.« Und manchmal kommt es zur Tür herein, ohne dass man es bemerkt, fügte er in Gedanken hinzu.

Eva schaute von einem zum anderen. »Es war

gut, dass du mich mitgenommen hast, Antal. Ich wüsste sonst nicht, was ich morgen mache.«
»Und was machst du?«, fragten die Männer.
»Na, ich schau mir die Lämmer an und den Schäfer – bei Tageslicht.«
»Ich freue mich drauf, Eva.«

•

Evas Lada tuckerte über die Landstraße. In den letzten Wochen hatten Viktor und sie oft miteinander telefoniert. Und nun war es für so weit. Sie wusste, was sie wollte und hatte alle Brücken hinter sich gelassen. Mit Viktor wollte sie neu anfangen. Ein Leben, das ihr lag, eine Liebe, die ihr gab, was sie in der Großstadt vermisste. Ehrlichkeit, Erdung, Frieden.
Sie trat aufs Gas, doch der alte Lada wollte nicht schneller fahren. Plötzlich heulte der Motor auf und es gab einen Knall. Der Wagen rollte aus. Das hat grade noch gefehlt! Eva stieg aus. Und das mitten in der Pampa!
Sie sah sich um – Felder und Wiesen bis zum Horizont. Bis zum nächsten Dorf waren es gut fünf Kilometer. Ob dort eine Werkstatt war, wusste sie nicht. Was nun? So ein Mist! Ein Handy habe ich naürlich auch nicht dabei. Es würde sicher eine Stunde dauern, bis sie Hilfe fand. Was stehst du dann hier noch rum? Auf geht's.
Schnurgerade zog die Straße eine Schneise zwischen die Felder. Das Korn stand hoch und

auch der Mais war gut gewachsen. Wenn es ihr sonst gefiel, durch diese Landschaft zu fahren, zu Fuß war der Weg anstrengend. Ihre gleichförmigen Schritte ermüdeten sie.

Nach kurzer Zeit wurde ihr das karierte Hemd zu warm. Jeder Weg hat ein Ende. Früher oder später, versuchte Eva, sich aufzuheitern.

In diesem Moment hörte sie ein Gespann hinter sich. Sie wand sich um und winkte dem Kutscher des Fuhrwerks. Ein wohlgenährter Schimmel zog den Karren, der neben ihr zum Stehen kam. »Wohin des Wegs, junge Frau? Gehört Ihnen der Wagen dahinten?«

»Ja, können Sie mich mitnehmen?«

»Gerne.« Der Kutscher rutschte auf seinem Bock zur Seite. Eva kletterte zu ihm hinauf. Den hat der Himmel geschickt. Dann geht es noch mal so schnell.

Der Kutscher schnalzte mit der Zunge und sofort setzte sich die Kutsche in Bewegung. Der Schimmel trabte kraftvoll die Straße entlang. Wenig später hielten sie an einer Tankstelle mit Werkstatt.

»Danke.« Sie reichte dem Kutscher die Hand und ein paar Scheine. »Für den Schimmel 'ne Extraportion Hafer.«

»Nicht nötig, ich werde ihm eine Schaufel mehr geben und sagen, die sei von Ihnen.« Der Fuhrmann grinste. »Hoffentlich ist Ihr Wagen bald wieder flott. Auf Wiedersehen.«

»Das hoffe ich auch. Danke noch mal.«

Sie war erleichtert, aus der Werkstatt neben

der einzigen Zapfsäule drang metallisches Klappern.
Der Mechaniker nahm sie auf dem Schlepper mit. Nach nur wenigen Handgriffen tuckerte ihr altes »Möhrchen«, wie sie den alten Wagen liebevoll nannte.
»Kleiner Fehler, große Wirkung«, meinte der Typ, nachdem er den Motor überprüft hatte. »Aber ein Lada ist schnell selbst gerichtet.«
Eva fuhr zwar gern Auto, aber von Motoren hatte sie keine Ahnung. Sie hörte nur mit halbem Ohr hin. Schon während sie in seiner alten Rostlaube den Weg zurückfuhren, hatte der Mann ihr die Story vom bunten Hund erzählt. Eva interessierte sich aber nicht für den Dorftratsch. Umso größer war ihre Freude, als er den Fehler beseitigt hatte und ihr Lada wieder lief. Sie drückte ihm ein paar Scheine in die Hand. »Danke.«
Sie wollte nur noch bei Viktor ankommen.
In den letzten Wochen war ihr klar geworden, was sie wollte: Sie wollte Viktor. Wenn er auch Fehler gemacht hatte, waren seine Leistungen unübersehbar. Heute, als einfacher Schafhirte und Bauer, hatte er seine wahre Rolle im Leben gefunden. Sie liebte seine Art, mit den Tieren umzugehen. Und die Neugier, die ihn trieb, alles zu lernen, was sein Vater ihm hatte beibringen wollen. Damals hatte er es allerdings nicht verstanden und war seinen eigenen Weg gegangen. Dieser hatte ihn hierher zurückgeführt und tatsächlich in seinem Leben ankommen lassen. Viktor hatte ihr in

langen Gesprächen bis tief in manche Nacht hinein von seiner Kindheit erzählt. Von den bescheidenen Anfängen, aus denen er geflohen war. Auch von den Warnungen seines Vaters, die er in den Wind geschlagen hatte. Er hatte ihr von seinem Waterloo berichtet, der den Neubeginn möglich gemacht hatte. Er nannte es die Wandlung »vom Saulus zum Paulus«.
Eva sah in ihm nicht den eitlen Politiker, den er in den Medien gegeben hatte. Der Mann, der vor ihr stand, war anders. Sein Vater hatte recht gehabt: Viktor war Schafhirt.
Er hatte Eva erst kürzlich von seiner Begegnung mit dem Mönch erzählt. Sie hatte gewiss viel zu seinem Umdenken beigetragen. Sie liebte ihn, das wurde ihr mit jedem Tag mehr bewusst. Weil ihr diese Gedanken nicht aus dem Kopf gegangen waren, hatte sie die Weichen für ihre Zukunft neu gestellt. Gemeinsam würden sie es schaffen. Als sie das letzte Dorf hinter sich ließ, konnte sie schon die Einfahrt zum Hof in der Ferne erkennen.
»Was Viktor wohl für Augen machen wird?«

•

Wochen später. Sie fragte über die Kaffeetasse hinweg: »Was steht heute an, Vic?«
»Männerarbeit.« Er machte eine knappe Kopfbewegung zum Stall hin. »Ich habe ein Loch in der Rückwand gesehen, da sind ein paar Bretter lose. In der Scheune liegen noch ein paar, damit stopfe ich das Loch.«

»Da kann ich dir wohl nicht helfen, oder?«
Eva versuchte ein Lächeln.
Viktor schüttelte nur den Kopf und trank seinen Kaffee aus. »Ich bin draußen.«
Sie sah ihm gedankenvoll nach. So wie gestern hatte sie ihn zuvor nicht erlebt, und ihre eigene Reaktion war ihr auch fremd. Und es schien, dass der Streit noch zwischen ihnen stand.
»Es wird nicht der Einzige bleiben«, murmelte sie. Mit einer schwungvollen Handbewegung beförderte sie die Brotkrümel mit dem Lappen vom Tisch. »Schwamm drüber.«
Ihr kam ein Gespräch mit Antal in den Sinn, kaum, dass sie mit Sack und Pack auf den Hof gezogen war. »Meinst du nicht, Kusinchen, dass du es ein wenig zu eilig hast? Auf dem Land ist es anders als dein Leben in der Stadt«, hatte Antal gemahnt. »Worauf warten? Ich mache hier eine eigene Praxis auf. Es gibt eh zu wenig Tierärzte.«
»Das ist es ja nicht, Eva.« Antal hatte ihr den Arm umgelegt und sie ernst angesehen. »Du kannst jederzeit zu mir kommen, wenn was ist, Kleine.«
»Viktor ist, was ich will, Antal. Ich liebe ihn, schon vergessen?« Damit war für sie die Diskussion beendet gewesen. Doch gestern Abend waren Zweifel aufgekommen, ob ihre Entscheidung für Viktor und ein Leben mit ihm auf seinem Hof die richtige gewesen war. Aber mein Temperament musste ja mit mir durchgehen! Mit dem Streit hatte die überschwäng-

liche Verliebtheit einen Dämpfer bekommen. Viktor hatte Eva ein Stück seines alten Lebens gezeigt. »Es steckt viel mehr dahinter, das nicht öffentlich gemacht wurde, auch nicht von mir«, hatte er eingeräumt. »Ich weiß, dass manches nicht richtig war. Ich wusste es nicht besser. Mir blieb nur zu gehen.«

»So wären wir uns wohl kaum in die Arme gelaufen.« Eva hatte ihren Arm auf seinen Unterarm gelegt. »Ich stelle es mir herrlich vor, hier die großen und kleinen Vierbeiner zu versorgen. Und wenn ich an die vielen Streuner denke, die ungeimpft über die Felder streifen, wird es höchste Zeit, etwas zu unternehmen.«

»Da hilft nur die Kugel!«, meinte Viktor mit düsterem Blick und seine Faust krachte auf den Tisch. »Die Wilden vermehren sich wie die Karnickel, reißen das Vieh auf den Weiden und in den Dörfern traut sich kaum einer nachts auf die Straße, wenn sie in der Nähe sind.«

»Das ist doch Quatsch, Vic. Du weißt, dass die Leute ihre Hunde auf die Straße setzen, wenn das Geld knapp ist.« Eva sah mit ernster Miene zu ihm. So aufgebracht hatte sie ihn noch nie erlebt. Sie versuchte, ihren Worten die Schärfe zu nehmen. »Und was sollen diese Hunde deiner Meinung nach tun? Sollen sie sich selbst entsorgen, damit das Problem aus der Welt ist?«

»Unsinn, Eva.« Viktor sah verärgert drein. »Wenn die meinen Schafen zu nahekommen, knall ich sie ab!«

»Das wirst du nicht!« Evas Gesicht färbte sich

dunkelrot und ihre Augen verengten sich zu Schlitzen. »Dann bist du nämlich der erste Mann, dem ich eine Ladung Blei in den Hintern blase! Die Hunde wollen nur überleben. Ich kann dich und alle anderen Viehbauern ja verstehen, aber ein Gewehr löst das Problem nicht. Da hättest du dich beizeiten drum kümmern müssen. Aber da waren dir nicht nur die Hunde egal!«

»Hör mir auf damit!« Viktor erhob sich ruckartig und schnaubte. »Mach, was du willst! Ich habe keine Lust, weiter darüber zu reden. Ich habe genug mit meinem Hof zu tun«, hörte sie noch, ehe die Tür hinter ihm ins Schloss krachte. Eva ließ sich erschrocken von Viktors heftiger Reaktion auf den Stuhl fallen. Später sah sie ihn durchs Küchenfenster auf der Bank sitzen. Sie hörte, wie er Kazimir sein Leid klagte.

Als sie längst im Bett lag, war er leise ins Schlafzimmer gekommen. Er hatte sie wortlos in die Arme genommen und war gleich eingeschlafen.

•

»Was ist das?«
Eva machte Licht und lauschte angestrengt. Zwischen aufgeregtem Geblöke und Gegacker war Hundegebell zu hören. »Hörst du das?«
»Ich glaube, die wollen an meine Schafe!« Viktor war augenblicklich hellwach. Mit einem Satz waren sie aus dem Bett und stiegen

hastig in Hose und Pullover und zur Küchentür. »Ich dachte, du hast alle Löcher gestopft.«

»Das hoffe ich.« Viktor öffnete die Kammertür und griff auf den alten Schrank. Er zog ein Gewehr hervor. »Das nehme ich besser mit.«

Eva folgte ihm mit großen Augen. »Du willst doch nicht wirklich die Hunde erschießen! Viktor!«

»Wenn es sein muss, ja. Eva. Es sind nicht die ersten wilden Hunde in der Gegend, die sich an den Schafen vergreifen.«

»Das kannst du nicht machen!« Sie hatte sich nicht vorstellen können, dass er seine Waffe tatsächlich benutzt.

»Da bewegt sich was!« Er machte im Hof Licht und sah angestrengt in die Nacht hinaus. »Man muss sehen, mit wem man es zu tun hat. Bleib bitte hier, wer weiß, wie die drauf sind.«

Eva blieb im Türrahmen stehen.

Ein ganzes Rudel Hunde hetzte um den Stall herum, auf der Suche nach einem Schlupfloch. Viktor stand am Haus, das Gewehr im Anschlag. Dann ein Schuss! Und noch einer! Viktor hatte in die Luft geschossen. Die Hunde erschraken und flohen durch den Obstgarten in die nächtliche Puszta.

Nur ein älterer Rüde blieb wie angewurzelt mitten auf dem Hof stehen. Viktor richtete die Waffe auf ihn, doch der alte Hund sah ruhig aus dunklen Augen auf seinen Herausforderer. Er ging einen Schritt auf den Hund zu. »Der scheint das zu kennen. Der hat keine Angst.«

Eva verfolgte sprachlos die Machtprobe zwi-

schen Hund und Mensch. Dabei ließ sie den Hund nicht aus den Augen. »Ich glaube nicht, dass er es auf einen Kampf mit dir anlegt. Lass ihn ziehen.«
»Irgendwie muss ich ihn ja vertreiben, wenn ich ihn nicht erschießen darf. Hau ab! Los, hau ab! Was will der blöde Köter?«
»Ich denke, er ist nicht blöd, Vic.« Eva ging einen Schritt auf den Hund zu. »Da, an der Flanke, da hat er eine frische Wunde!«
»Aber nicht von mir!« Viktor ließ das Gewehr sinken. »Pass auf, nicht, dass er Tollwut hat, oder so?«
»Das glaube ich nicht, aber er wird starke Schmerzen haben.« Eva besah sich von Weitem die klaffende Wunde am Schenkel. »Das muss genäht werden, sonst hat er keine Chance.«
»Was willst du tun, Eva? Doch nicht etwa den Hund zusammenflicken?«
»Wenn du den Hund erschießt, spare ich mir Nadel und Faden«, feixte Eva. Sie war jetzt sicher, dass er dem Hund nichts antun würde.

Viktor sicherte lächelnd das Gewehr und legte es auf den Brunnenrand. »Ihr habt gewonnen. Näh den Hund zusammen, dann spare ich mir die Kugel. Ich strecke die Waffen – und ergebe mich.«
Eva fiel ein Stein vom Herzen.
»Dazu brauche ich deine Hilfe. Noch ist die Schlacht nicht gewonnen. Der Hund scheint ja ganz friedlich, aber, wenn ich ihm ans Fell will, ist es mit der Ruhe vorbei.«

»Dazu müssten wir erst mal an ihn heran, und ich weiß nicht, ob er sich das gefallen lässt.« Viktor behielt den Hund im Auge, während er einen Schritt auf ihn zuging.

»Brav, brav. Ich will dir nichts.«

»Hoffentlich geht das gut.« Eva sah gespannt auf jede Regung des Hundes. Ihr war jetzt doch mulmig. Viktor bekam ihn am Hals zu fassen. »Geh und hole einen Strick, Halsband hat er.«

Eva eilte in die Scheune und kehrte mit einem dünnen Strick zurück.

»Dass der so ruhig bleibt, hätte ich nicht gedacht. Vielleicht merkt er, dass wir ihm nichts Böses wollen. Vic, sperr ihn in den Verschlag in der Scheune. Ich geh meinen Koffer holen und versorge die Wunde provisorisch. Und morgen nähe ich den armen Kerl zusammen.«

»Dass du das für einen streunenden Wilddieb tust!« Viktor sah ihr lächelnd nach.

»Die danken es einem am ehesten. Der Hund kann nichts dafür, dass er sich sein Essen zusammenklauen muss. Der Mensch ist für das eine wie das andere verantwortlich. Ich würde dich auch zusammennähen, wenn dir jemand ein Loch ins Fell reißt. Der Hund hat eine Zukunft verdient. Und wir auch, wenn du willst!«

Statt einer Antwort strich Viktor ihr eine Strähne aus der Stirn und küsste sie.

Nachdem der Hund versorgt war, schloss er das Gatter und löschte das Hoflicht.

•

Ein halbes Leben später.

»Mich bringen keine zehn Pferde vom Hof!« Mit einem lauten Knall fiel die Haustür hinter Viktor ins Schloss.

Maria und Zoltan sahen dem alten Mann fassungslos nach. Mit diesem Ausbruch hatten sie nicht gerechnet! Sie hatten es doch nur gut gemeint!

»Ach, Solti, lass den alten Querkopf!« Maria beseitigte mit einer fahrigen Bewegung eine lange dunkelblonde Strähne, die ihr ins Gesicht gefallen war, und meinte mehr zu sich: »Es war keine so gute Idee, mit ihm zu dem Heim zu fahren.«

»Das ist das Beste, nicht nur für ihn!« Zoltan zog genervt an seiner Zigarette und trat mit grimmiger Miene die Kippe im Hof aus. »Es ist Starrsinn, hier zu bleiben – in seiner Situation! Dieses Anwesen ist zu groß für einen alten Mann. Vielleicht lässt es sich verkaufen, wenn es hergerichtet ist.«

»Es ist der Hof deines Onkels, Solti! Wenn er deine Reden hört, kommt er wieder raus – geladen wie sein Gewehr, fürchte ich.« Maria öffnete kopfschüttelnd die Beifahrertür. »Es muss andere Möglichkeiten geben.«

»Gut, dass er zugestimmt hat, die Schafe vom Hof zu nehmen. Dann ist alles andere nur eine Frage der Zeit.« Zoltan setzte sich ans Steuer und die Knöchel seiner schlanken Finger blitzten weiß hervor, als er die Hände fest ums

Lenkrad legte. Maria warf einen erschrockenen Blick zu Zoltan, dessen dunkler Lockenkopf sein jetzt blasses Gesicht noch härter als sonst erscheinen ließ. »Komm, lass gut sein. Nun willst du ihm noch den Hof nehmen!«
»Du wirst sehen, in ein paar Wochen hat er sich im Heim eingewöhnt und wir reißen die alte Hütte ab. Dann lässt sich der Grund auch besser zu Geld machen.«
»Darüber ist das letzte Wort noch nicht gesprochen, Solti.« Mit einem skeptischen Blick auf den schön gelegenen Hof mit seinem betagten Bewohner stieg sie zu ihm ins Auto.
Augenblicke später sah Viktor sie vom Hof fahren. Ihre Stimmen hallten in ihm nach. Das alles war ihm zu viel! Nicht genug, dass er gerade erst Eva hatte beerdigen müssen, jetzt wollten sie ihn ebenso schnell von seinem Hof vertreiben! »Sei vernünftig, Onkel«, hatte Zoltan gemeint, während sie ihn heimgefahren hatten. »Du kannst hier draußen nicht weitermachen. Die Zeit ist vorbei. Wie soll das gehen?«
Dann sagte er noch, es sei verrückt, er solle die Tanya übergeben und ins Dorf ziehen. Es sei alles nur zu seinem Besten!
»Natürlich! Zu alt! Zum Leben?«
Er spie einen Tabakkrümel auf den angestaubten Boden der Wohnküche. »Hier ist mein Zuhause! Die spinnen! Nur weil ich bald achtzig werde und Eva nicht mehr bei mir ist, gehe ich nicht in ein Altenheim! – Nicht wahr?«, fragte er den Mann im Spiegel, dessen

graue Bartstoppeln den wettergegerbten braunen Teint hervorhoben. »Nein, ich bleibe hier«, antworteten die grauen Augen mit festem Blick. Für einen Moment glimmte jenes Glitzern in ihnen auf, das Eva so fasziniert hatte. »Eva! Mein Herz! Im Leben nicht! All die Jahre hatte sich niemand gekümmert.«

Kaum war Eva unter der Erde, fielen sie wie Hyänen über ihn und seinen Besitz her! Sie hatten sich umgesehen, als taxierten sie den Wert des Hofes. Sie hatten in ihren Sachen gewühlt. Und dann hatten sie ihn heute Morgen ins Auto gesetzt und waren zu dem Heim gefahren.

»Schau, Onkel, ist das nicht schön!«, hatte Maria gerufen und auf die blühenden Rosenstöcke im parkähnlich angelegten, gepflegten Garten gezeigt.

»Wie frischgebackenes Brot haben sie das Haus gepriesen! Pah!«

Viktor trat auf den Hof hinaus und ließ sich auf der Bank unterm Küchenfenster nieder. Seine schwielige Hand strich zärtlich über den Kopf seiner Schäferhündin, die ihn aus großen, braunen Augen ansah. »Wir lassen uns das nicht gefallen.«

So viele Erinnerungen hingen an jedem Detail, Eva und er hatten alles gemeinsam durchgestanden. Und ihre Liebe war über die Jahre fest und innig geblieben.

Lavendelduft zog vom Anbau herüber, in dem ihre Tierarztpraxis gewesen war. Im Stall standen bis vor kurzem noch die Muttertiere und ein Bock seiner namhaften Zackelschafzucht.

»Du musst einsehen, dass du das nicht mehr kannst, Onkel«, hatte Zoltan gesagt und die Schafe vor ein paar Tagen mitgenommen. Er hatte in dem Moment zugestimmt, weil ihm nach Evas Tod einfach alles zu viel gewesen war. Doch es fühlte sich jetzt nicht mehr gut an! »Soll ich das alles aufgeben?« Sein Blick fiel auf die Rosen im Kräutergarten am Haus.

Der Charakter des Anwesens, das seit zweihundert Jahren hier stand, war trotz notwendiger Modernisierungen erhalten geblieben. Im Haus, fand er, hatte Eva alles gemütlich eingerichtet. Fast war ihm, dass sie jeden Moment um die Ecke kommen würde.

Er schnäuzte sich und steckte das zerknautschte Taschentuch weg.

»Deine blühen viel schöner, Eva. Weißt du, mein Engel, du fehlst mir so sehr. Wir hatten noch so viel vor. Ich weiß, dass ich dich gehen lassen muss. Aber es fällt mir schwer. Die Schafe und du, ihr ward mein Leben ... ja, vielleicht sollte ich das, Liebes ... vielleicht lerne ich dann noch Staubwischen und Wäsche waschen ...«

•

»Weißt du, Maria, ich habe in den vergangenen Tagen lange nachgedacht.« Viktor steckte sich eine seiner filterlosen Zigaretten an und sah Maria wie ein schuldbewusster Junge zu, wie sie flink die Wäsche sortierte.

»Ich will hier nicht weg. Ich habe so viele Jahre auf diesem Hof verbracht und will mir nichts Anderes vorstellen. Auch ohne Eva.«

»Ich denke, Zoltan ist übers Ziel hinausgeschossen.«

»Ich war immer bei den Schafen ... Wenn ich sie nur wiederhätte!«

Maria blickte nachdenklich zu ihm. Wen meint er jetzt, Eva oder die Schafe? Ihre Augen glitzerten geheimnisvoll. Sie stellte den Wäschekorb weg. »Ich habe eine Überraschung für dich – und für Zoltan.«

»Jetzt machst du mich aber neugierig!« Viktors Miene hellte sich auf. »Weißt du, Maria. Es ist ja nicht, dass ich ihm das alles nicht geben will, aber noch bin ich Herr auf diesem Hof.«

»Der Wind hat nachgelassen, ich denke, wir können draußen sitzen?« Maria griff in die Schublade und nahm Besteck heraus. »Hast du eine Decke, die wir auflegen können?«

»Eva verwahrte sie im Wohnzimmerschrank.«

»Lass, ich mach das schon.«

Viktor ließ sich auf der Eckbank nieder und sah Maria bei den Vorbereitungen zu.

»Das hat Eva auch immer gesagt.« Viktor sah traurig auf den leeren Platz neben sich.

Seine Schwermut rührte sie. »Komm mit, Onkel, wir machen das zusammen. Ich hol die Decke und du schaust mal, wohin der Tisch soll.«

»Wer wohl alles kommt?«

»Das ist ja die Überraschung, Onkel.« Maria grinste und fiel ihm um den Hals.

»Du machst es aber spannend, Kind!« Viktors Miene hellte sich auf, er löste sich mit einem Lächeln aus Marias Umklammerung. »Na gut, dann muss ich auf meine alten Tage doch noch lernen, mich zu gedulden.«

»So.« Maria betrachtete die gedeckte Tafel. »Es kann losgehen mit deinem Geburtstagskaffee. Ich denke, sie kommen bald. Sind ja nicht viel, nur Antal, Zoltan und ...« Beinahe hätte sie sich verplappert!

»Ich stell noch den Pálinka kalt. Einen Schnaps brauche ich bestimmt.« Viktor ging hinein und holte eine Flasche. »Dem Anlass entsprechend natürlich nur der Feine!«

Und Zoltan wohl auch, fügte Maria in Gedanken hinzu.

Kutyus sah mit gespitzten Ohren aufgeregt bellend über die Felder. Sie folgten ihrem Blick. »Was ist, Kutyus?«

Viktor legte beruhigend seine Hand auf den Kopf der Hündin. Da sah er sie – Schafe! Sie trotteten den Weg entlang, als wüssten sie, wohin sie wollten. »Was soll das werden?«, fragte er und Zoltan mit einer Stimme.

Maria konnte sich ein Lächeln nicht verkneifen. »Deine Schafe kommen heim. Der junge Mann wird zukünftig die schweren Arbeiten hier auf dem Hof machen und seine Frau deinen Haushalt.«

»Das ist ein Geschenk, das du nicht ablehnen kannst«, meinte Antal mit einem spitzbübischen Grinsen im faltigen Gesicht.

Als Viktors bester Freund und Nachbar war er von Maria vorher eingeweiht worden und hatte ihre Bemühungen, die Schafe heimzubringen, gerne unterstützt.

»Was soll das? Ich hatte doch ...«, Zoltan zog ein mürrisches Gesicht.

»Du kannst deinem Onkel nicht vorschreiben, was er zu tun hat, Soli.« Antal blickte ihn ernst an. »Er will hierbleiben. Maria kam zu mir und wir fragten die Beiden, ob sie diesen Job machen wollten. Und da es immer noch seine Schafe sind, bat ich, sie gleich mitzubringen.«

»Sie haben sie geholt, als du in der Stadt warst, Solti.«

»Du fällst mir in den Rücken, einfach so, Maria!«

Er spürte Viktors Hand auf seinem Arm.

»Lass gut sein, Junge, Maria hat genau das Richtige getan. Sie hat verstanden.«

»Zoltan, solange für deinen Onkel ein Heim nicht infrage kommt, braucht er seine Schafe.«

»Das hätte ich nicht von dir gedacht, Maria!« Zoltan erhob sich mit einer unwirschen Bewegung. Er vergrub seine Hände in den Hosentaschen und sah die Herde durch Gatter auf ihre Weide laufen. Dann entspannte sich seine Miene. »Vielleicht hast du recht. Entschuldige, Onkel, dass ich darauf nicht selbst gekommen bin. Ich habe es nur gut gemeint.«

Viktor ging auf seinen Neffen und seine Frau zu. »Zoltan, du kannst dich glücklich schätzen mit solch einer Frau. Sieh es ihr nach. Das ist ein Geburtstagsgeschenk nach meinem Geschmack! Danke, Maria! Auch dir, Antal. Nicht mal verraten hast du was, als wir gestern bei dir einen Schnaps getrunken haben. – Wir haben jetzt wohl alle einen Schnaps nötig, oder nicht? Lasst uns anstoßen! Auf deine Frau, die Heimkehr der Schafe und nicht zuletzt auf meinen Achtzigsten.«

Zoltan gewann seine Fassung zurück und lächelte. »Dann ist ja alles wieder in Ordnung, Onkel?«

»Zoltan, du solltest nicht nur die Kerzen zählen.« Antal fügte augenzwinkernd hinzu: »Alter bemisst sich nicht an ihrer Anzahl auf dem Kuchen, es sind die Krümel desselben.«

ENDE

Kazimir – Viktors Freund
Ein Kater mit Verstand

Die Vögel zwitscherten in den Bäumen und eine sanfte Brise verscheuchte die nächtliche Kühle. Das Anwesen lag verträumt im ersten Tageslicht.
Kazimir streckte seine müden Knochen. Die Verletzung an der Pfote durch den Sprung vom Scheunendach machte ihm zu schaffen – das Handgelenk schmerzte, zwar nicht mehr so wie gestern, aber es behinderte ihn noch. Gut, dass das keiner mitbekommen hatte, das wäre exorbitant peinlich!
Er stutzte. Da war ein neuer Geruch! Kein Zweifel! Wollte ihm da etwa jemand seinen Hof streitig machen?
Angesichts eines möglichen Feindes zeigte er jetzt besser keine Schwäche! Auf ihn mit Gebrüll!
Kazimir sprang auf die Bank vor dem Küchenfenster. Nichts! Er schlich zum Schlafzimmer und landete mit einem Satz auf der Fensterbank, auf der eine Vase mit Blumen stand.
Er staunte nicht schlecht! Im Bett seines Dosenöffners lag doch tatsächlich ein dicker grau getigerter Kater, in seine Decke eingehüllt wie von einem Kokon!
Sein Hausherr war nicht zu sehen. Nirgends hörte er seine Schritte oder das morgendliche

Plätschern aus der Dusche. Auch kein Besteckklimpern aus der Küche. Das war alles total eigenartig! Er kratzte mit der Pfote seine Stirn. Den Störenfried brauchte er nicht! Es gab kaum Mäuse, und er wollte nicht teilen müssen. Sein Hausherr war recht knauserig mit Futter, Hamsterkäufe fielen mangels klingender Münze aus. »Leider.«

Kasimir störte das Grummeln in seinem Bauch. Es wurde Zeit, dass es was zu Beißen gab! Wenn der Unbekannte aufwachte, musste er kämpfen – um sein Heim, den Hof und um Eva, seines Dosenöffners neue Freundin, die ihm immer was Leckeres mitbrachte. Nein! Mit einem dahergelaufenen Ganoven wollte er sein Idyll nicht teilen.

»Das fehlte grad noch!«

»Was fehlt noch?« Der Tiger thronte auf der Fensterbank und putzte sich hingebungsvoll.

»Was? Wie? Wo?«, stammelte Kazimir und machte einen Buckel. Seine Krallen blitzten auf. Der Kerl gefiel ihm nicht. Unschlüssig, was er tun oder lassen sollte, fixierte er den ungebetenen Besuch. »Was machst du im Schlafzimmer? Der Alte hat das gar nicht gern! Wer bist du?«

»Soll das ein Verhör sein, Kasimir? Ich bin Viktor. Und das ist mein Zimmer!«

»Eiderdaus!« Kazimir zuckte zusammen. »Ist das ein Traum oder wache ich?«

»Also, ich habe gut geschlafen.« Viktor sprang von der Fensterbank. »He, mach nicht so ein Gesicht!«

»Ich leide wohl an Halluzinationen. Muss am gestrigen Sturz liegen oder an einer rudimentären Schilddrüsenunterfunktion.« Kazimir trottete auf Viktor zu. »Wenn du jetzt ein Kater bist – wer holt dann die Milch aus dem Kühlschrank?«
»Das weiß ich auch nicht. Hast du eine andere Idee?«
»Wir könnten am Bach angeln gehen.« Kazimir überwand den ersten Schock. »Kannst du das überhaupt oder muss ich dir beibringen, was Katersein bedeutet?«
»Ich denke, das kriege ich hin.« Viktors Angelversuche waren allerdings wenig glorreich – er verpasste stets den richtigen Zeitpunkt, zuzugreifen. Dazu strapazierten Schmetterlinge und sonstiges, scheinbar hämisch schnatterndes, Getier seine Nerven. Er schlug mit den Pfoten nach ihnen oder versuchte sie abzuschütteln, doch sie ließen sich nicht vertreiben.
»Du stellst dich an wie eine Mimose!« Kazimir fischte flink einen Babykarpfen und warf ihn Viktor vor die Pfoten. »Den teilen wir uns, damit das klar ist!«
Viktor hatte das Gefühl, auch Kazimir lachte ihn aus. »Ich sehe, es gibt noch viel zu lernen an der Katzenfront, mein Freund. Aber wie du dich mir anvertraut hast, vertraue ich dir. Komm, Kasimir, schlag ein!« Er streckte seinem Freund die Pfote hin. »Du bist ab heute der Boss. Schließlich bist du schon länger Kater.«

Kazimir legte seinem Freund die Pfote auf die Schulter: »Was wird Eva zu deinem neuen Leben sagen ...«

»Darüber habe ich noch gar nicht nachgedacht.« Viktor ließ die den Kopf hängen. »Ach, Eva! Ich vermisse sie und das Knattern des alten Ladas.«

Kazimir boxte ihn in die Seite. »Vielleicht finden wir ein anderes nettes Mädchen für dich. Komm, es wird Zeit.«

»Wofür?« Viktor zog die Augenbrauen hoch.

»Für ein Nickerchen auf deiner Bank.« Kazimir lief Richtung Haus. »Jetzt wo du ein Kater bist, passen wir beide bequem drauf.«

… und Kürzeres
Verse und Gedanken

Impressionen
Erinnerungen

Das erste, was man von Ungarn sieht, ist das weite Grün und der weiße Sand,
als nächstes schmeckt man immer und überall das satte Rot des Paprika.

Das Zweite, das man bemerkt, ist die warme Seele der Menschen, ob sie nun viel Geld haben (das sind nur eine Handvoll), oder nur das Nötigste (das sind die meisten).

Das Dritte, das dir begegnet, wenn du es zulässt, ist die Stille, die Ruhe und die Gelassenheit, mit der du sicher erst einmal nicht zurechtkommst.

Kommst du mit deinen Bildern im Kopf, wirst du feststellen, dass Ungarn ungarisch ist, so sehr sich auch deutsche Einflüsse nicht haben vermeiden lassen.

Nach einiger Zeit lernst du, anders zu leben, nicht hektisch und genervt, eher geruhsam. Wenn es nicht schon gestern getan ist, nicht stets auf der Suche nach des Nachbarn Status, nicht so streng mit dir und den anderen zu sein.

Und doch freut es dich, was du erlebst:

Die Sonne scheint - sicher nicht immer,
die Blumen blühen - ein wenig eher.
Die Menschen helfen dir - mit Rat und Tat.
Nicht zuletzt findest du hier,
Was nicht selbstverständlich ist:
Alles, was du zum Leben brauchst.

Sommer und Winter

Verschlossen alle Fenster, Rolläden unten. Die Sonne brennt alles Grün aus den Wiesen.
Auf den Feldern das Korn schon gedroschen, Mais und Sonnenbulume am Halme trocknen.

Die Hunde liegen faul im kärglichen Schatten, der Mensch in linnenen Hängematten.
Die Kühle der Nacht verfliegt in Sekunden, für Besorgungen nutze die frühen Stunden.

Verschlossen alle Fenster, Rolläden unten, der eisige Ostwind fegt übers Land, rüttelt an den Mauern aus Lehm und Sand.

Das Feuer im Ofen nicht überall lodert, der Winter wieder Hunderte Opfer fordert, denen das Leben zu kalt.

Sándor Petöfis Gedicht
zum Tode Márkusz Rosenthals

Alter Musiker, was habe ich dir angetan,
Dass du mich traurig machst.
Ich war verbittert, als die Geige sprach.
Hej, sie spricht nicht mehr,
Das verbittert mich noch mehr.
Das ist mir noch bitterer.
Das alte Schicksal der Ungarn ist das Leid,
Ohne es kann ich nicht mal leben.
Wach auf, alter Musiker, alter Freund,
Trauern wir sorgfältig mit Deinen Liedern.
Du hast gewusst, wo liegt das Herz des Ungarn. Das Herz des Ungarn.
Wenn es ist, erwache alter Freund,
Lass uns mit deinen Noten trauern.
Lass uns trauern mit deinen Noten.
Einer schändlichen Nation
Vertraut der Ungare,
Vergeblich, er schaut nicht nach vorn,
Nicht nach hinten,
Hat vergessen, was vorher passiert ist.
Und noch die Zukunft?
Er bereut diese Zukunft.
Er bereut diese Zukunft.
Der Ungar ist ein Mensch,
Wenn die Musik die Ohren, das Herz füllt.
Die Augen füllen sich dann mit Tränen.
In Gedanken kommen die traurigen Vorzeiten.
Die traurigen Vorzeiten.

Wir können die Vergangenheit beweinen,
Mohács, diejenigen,
Die dort die türkischen Waffen getötet haben.
Hätten wir sie ordentlich beerdigt,
20000 Gräber ständen dort an einem Fleck.
20000 Gräber an einem Fleck.
Als wir ausgetrauert haben,
Haben wir unsere Seelen und Arme gespannt,
Und wenn dort die Gegner gewesen wären,
Wären sie alle gefallen.
Sie wären alle gefallen.
Dann haben wir angefangen, uns zu vertrauen,
Dass wir Großes leisten können,
Wie ist der Baum des ungarischen Volkes aufgeblüht.
Die Blätter sind göttlich, menschliche Wunder,
Das Wunder Gottes und der Menschen.

Kesselgulasch »Rinderhirte« aus dem Ungarischen

2 kg Schweinekeule, gewürfelt
500 g Karotten gewürfelt
5 mittlere weiße Rüben, gewürfelt
1 kleiner Sellerie, gewürfelt
1 Kohlrabi, gewürfelt
4 Scheiben Speck Mangalica
6-7 Zwiebeln (je nach Größe)
5 große Tomaten
5-6 Kartoffeln
3 Knoblauchzehen, 4 Peperoni
Sellerieblätter, Petersilie
rote Paprika, Salz, Pfeffer, Kreuzkümmel
Rotwein (trocken), Paprika (optional)

Mangalica-Speck den Topf geben und auslassen. Die Zwiebeln glasig braten und salzen, dann die Tomaten und Paprika hinzugeben und weichkochen, salzen. Dann Gewürze und gehackten oder gepressten Knoblauch hinzugeben, mit Wasser aufgießen und Fleisch und Speck zusammen mit Petersilie und Sellerieblätter dazugeben.
Wenn das Fleisch halb gar ist, das Gemüse und Rotwein hinzufügen, mit Wasser aufgießen, nach Bedarf würzen. Fertigkochen. Guten Appetit!

Außerdem bisher erschienen

Cabo da Roca - Fels der Entscheidung
Autobiografischer Roman
Paperback 108 Seiten
ISBN 978-3-7412-0821-8